SCHURKEN MACHEN KRAWALL

Die STRENG GEHEIMEN, ULTRAWAHREN AUFZEICHNUNGEN DES SUPERHELDEN DAS GEHIRN
alias Sebastian von Nervköter
und der UNGLAUBLICHEN DREIEINHALB

Mit Illustrationen von Jörg Mühle

Ravensburger Buchverlag

Als Ravensburger Taschenbuch
Band 52534
erschienen 2015

MIX
Aus verantwortungsvollen Quellen
FSC® C114500

1 2 3 4 18 17 16 15

Ungekürzte Ausgabe

Postfach 1860, 88188 Ravensburg
Umschlaggestaltung und Innenillustrationen: Jörg Mühle

Printed in Germany

ISBN 978-3-473-52534-8

www.ravensburger.de

Auch Superhelden brauchen Urlaub

Eigentlich wollten wir ja nur mal etwas entspannen, die Sommerferien genießen und ganz brave Kinder sein. Aber irgendwie hat das überhaupt nicht hingehauen. Es scheint so, als würden wir – das Superheldenteam „Die Unglaublichen Dreieinhalb“ – Schurken und Abenteuer anziehen wie mein Zeugnis schlechte Noten. Anders kann ich es mir nämlich nicht erklären, dass ich für wenige Sekunden der größte Junge von Buckelbügel war, dass uns ein Spinnenmann im Wald in allergrößte Gefahr brachte und dass wir die scheußlichsten Kekse essen mussten, von denen die Menschheit je gehört hat!

Dabei fing alles so super an. Meine Freundin Barbara, die gleichzeitig meine Superheldenkollegin „Action-Bärbel“ ist, fragte mich, ob ich nicht Lust hätte, eine Woche Ferien bei ihr zu verbringen. Martin, der als „Das Chamäleon“ ebenfalls ein wichtiges Mitglied der Unglaublichen Dreieinhalb ist, durfte auch kommen, und zwar zusammen mit seinem imaginären Freund Dieter, dessen Superheldenname aus gutem Grund „Der Hosenscheißer“ lautet. Zum ersten Mal sollten die Unglaublichen Dreieinhalb gemeinsam Urlaub machen und außerdem durften wir zum allerallerersten Mal Barbara in ihrem Haus besuchen. Uns standen Spitzenferien bevor, da war ich mir ganz sicher!

Und wir hatten natürlich auch mächtig viel vor! Faulenzen zum Beispiel und ein Baumhaus bauen. Und zwar das größte, höchste und tollste Baumhaus der Welt! Die Pläne dafür hatte ich längst fertig in meiner Schreibtischschublade liegen. Und dann gab es da noch einen mysteriösen Fall zu lösen – einen Fall, der Martin schon seit Wochen in Angst und Schrecken versetzte und Dieter regelrecht panisch werden ließ: Im Wald hinter dem Haus von Barbara trieb angeblich ein geheimnisvoller Spinnenmann sein Unwesen. Klar, dass wir uns des Problemchens annehmen würden. Wir sind schließlich das coolste Superheldenteam weit und breit!

Als feststand, dass ich meine Ferien bei Barbara verbringen würde, war meine Mutter sehr traurig. Was ich gut verstehe. Schließlich bin ich ihr Ein und Alles. Nur zeigen konnte sie ihre Traurigkeit nicht so richtig. Statt zu weinen und zu jammern, rannte sie singend durchs Haus und verbreitete totale Hektik – wahrscheinlich um den furchtbaren Trennungsschmerz zu überspielen und um mir kein schlechtes Gewissen zu machen, weil ich sie eine Woche allein ließ.

Sie stürmte in mein Zimmer und warf Klamotten in meinen neuen, coolen Koffer, obwohl sie normalerweise immer alles megaordentlich zusammenlegt und einen totalen Ausraster bekommt, wenn mein Vater mal ein Hemd in den Schrank legt. Dann setzte sie sich mit Schwung auf den übervollen Koffer und ließ die beiden Schlösser zuklacken.

Ich hatte noch nicht mal meine Schnürsenkel zugebunden, da zerrte mich Mutter schon am Arm aus dem Haus. Ich konnte mir gerade noch meinen selbst gepackten Notfallrucksack für Superhelden schnappen und unter den Arm klemmen. Um ein Haar wäre ich

ohne mein Superheldenkostüm und ohne unser Superheldenplakat von Captain Sauerland verreist. Und das ging ja mal gar nicht. Schließlich braucht ein Superheld immer seine Ausrüstung, um im Zweifelsfall gegen das Böse der Welt, gegen die Superschurken des Universums und zu hohe Eispreise in unserer Heimatstadt Buckelbügel kämpfen zu können.
Mutter riss die Autotür auf und warf erst den Koffer und dann mich hinein, eilte nach vorne, sprang auf den Fahrersitz und gab Gas. Nicht mal angeschnallt hatte sie sich, bevor wir durch Buckelbügel brausten. Der Abschiedsschmerz schien sie etwas verrückt zu machen. Ich saß da und tätschelte meinen Notfallrucksack, während Mutter kichernd Lieder aus dem Radio mitträllerte und weiter Vollgas gab.

Tretminen und Fehltritte

Als wir nach gut einer Viertelstunde Höllenfahrt vor dem Tor der Schwemmes Bremsspuren hinterließen, blieb mir die Spucke weg. Die Schwemmes hatten ohne Frage das tollste Haus der Welt! Ach, was sage ich: des Universums! Dabei war ihr Haus im Grunde gar kein richtiges Haus. Es war ein Palast aus verschnörkelten Steinen, die sogar Muster drauf hatten. Einfach toll und riesig war es. Mit Türmen, großen Fenstern und einer gigantischen Eingangstür. Da hätte ich locker auf einer Giraffe durchreiten können, die wiederum auf einem Elefanten reitet, der von Superman huckepack genommen wird! Und nicht mal ducken hätte ich mich müssen, so hoch war die Tür!

Kaum dass meine Mutter den Wagen abgestellt hatte, stand ich auch schon mit meinem Koffer in der Hand vor Schwemmes Auffahrt. Mutter brüllte noch: „Benimm dich!“, und brauste hupend davon. Ich kam noch nicht mal dazu, ihr hinterherzuwinken, so schnell war sie weg. Der Abschiedsschmerz hatte sie wohl endgültig übermannt.

Als ich gerade die Klingel am Tor suchte, stand Barbara schon vor mir. Sie grinste bis über beide Ohren. Neben ihr saß ein Rottweiler, der überhaupt nicht grinste, sondern seine Zähne fletschte und gefährlich knurrte.

„Keine Sorge. Der macht nichts“, beruhigte mich Barbara.

„Ach, will der nur spielen?“, fragte ich zweifelnd.

Barbara sah zu ihrem Hund runter.

„Nö. Der will dich beißen. Aber das darf er nicht“, erklärte sie und öffnete das Tor.

„Weiß der Hund, dass er das nicht darf?“, fragte ich sicherheitshalber noch mal nach.

„Klar. Mach sitz, Prinzessin.“

„Der heißt Prinzessin?“

„Eigentlich heißt er Hasso-Prinzessin. Der war als Welpe total schüchtern und sensibel. Deshalb haben wir ihn auch Prinzessin genannt“, antwortete Barbara,

während Prinzessin aus lauter Vorfreude auf einen leckeren Happen Sebastian der Sabber aus den Mundwinkeln tropfte. Seine Schüchternheit hatte der Hund wohl überwunden. Schön für ihn. Schlecht für mich.
„Jetzt ist er aber nicht mehr schüchtern, was?“, fragte ich.
„Nö, gar nicht mehr“, sagte Barbara, ging in die Knie und umarmte den Killerhund. „Dem Martin hast du eben auch ganz schön Angst eingejagt, was, Prinzessin?“
Oje, der arme Martin! Der konnte mit Hunden gar nichts anfangen. Egal wie klein und brav sie auch sein mochten.
Die Koslowskis hatten nämlich früher selber einen Hund. Aber Martin traute ihm nicht. Zwar kläffte der tagsüber alle Fremden weg, aber kaum dass es dunkel wurde, ließ er nahezu alle schrägen Typen ins Haus. Den Weihnachtsmann, den Osterhasen und sogar die Zahnfee. Die fand Martin ganz besonders zweifelhaft. „Die sammelt Zähne von Kindern, das ist doch total irre!“, schimpfte er immerzu.
„Hast du Martin Angst gemacht, Hasso-Prinzessin? Hm? Du bist ein Lieber. Ein lieber Hund bist du.“ Barbara knuddelte ihren Hund so heftig, dass der Sabber in feinen Fäden durch die Gegend flog. „Warte, ich

bring Prinzessin mal eben weg“, sagte Barbara und verschwand mit dem Mörderhund um die Ecke.
Ich bin zwar ein tipptopp Superheld und tipptopp Superhelden haben ja bekanntlich vor nichts Angst, aber trotzdem war ich heilfroh, als die knurrende Prinzessin verschwunden war. Wer will schon von einer Prinzessin auf einen Baum gejagt oder in den Allerwertesten gebissen werden?
Nach zwei Minuten war Barbara wieder zurück und wir gingen zum Haus. Das heißt, ich ging und Barbara hopste.
„Martin wartet oben“, sagte Barbara und sprang aufgeregt vor meinen Füßen hin und her. „Los, wir bringen deinen Koffer rein und dann zeig ich dir was!“
Als wir das Haus betraten, stockte mir wieder der Atem. Der Eingangsbereich war so hoch wie eine Kirche. Die Böden waren komplett und die Wände bis in Kopfhöhe gekachelt. Ich kam mir ein bisschen vor wie in einem Schwimmbad, aus dem jemand ein Museum gemacht hatte. Große Gemälde von irgendwelchen Katzen, die glücklich auf Katzenklos saßen oder in Katzenstreu wühlten, hingen in goldenen Rahmen an den Wänden. Und riesige Katzenstatuen standen dreist im Weg rum. Wahrscheinlich weil die Schwemmes ihr Geld mit der Erfindung der Katzenstreu gemacht haben.

Am hinteren Ende der Halle wand sich eine breite Treppe hinauf in den ersten Stock. Und über graue, saudicke Teppiche kam man in die Flure, die links und rechts von der Eingangshalle abzweigten. Barbara bog nach links ab und sauste davon. Ich hinterher.

Mein Koffer geriet in jeder Kurve heftig ins Schleudern und hopste scheppernd über die Kacheln. Mit Barbara Schritt zu halten, ist ja schon schwierig, wenn man keinen Rollkoffer hinter sich herziehen muss.

Nach wenigen Sekunden hatte ich Barbara aus den Augen verloren. Dieses Haus war aber auch riesig! Ich hechelte weiter, bog ein paarmal ab und bremste erst, als ich in einer Sackgasse landete. Der Flur war zu Ende. Ich stand vor einer Tür.

„Barbara?“, rief ich. Und: „Hallo! Ist hier jemand?“

Keine Antwort.

Vorsichtig klopfte ich an. Niemand bat mich rein. Ganz langsam und lautlos öffnete ich die Tür.

„Hallo?“

Nichts. Das Zimmer war menschenleer. Was mich beim Anblick des Zimmers nicht überraschte. Es war ganz furchtbar ungemütlich und hauptsächlich in Weiß gehalten. Weiße Vorhänge, weiße Schränke, weißer Tisch mit weißen Stühlen. Dazu graue Wände und ein graues Bett. So stellte ich mir das Zimmer eines gefühlskalten

Superschurken vor. Von einem, dem alles Schöne zuwider war.

„Schön, nicht wahr?“, erklang eine Stimme hinter mir. Ich zuckte zusammen und fuhr herum. Barbaras Mutter stand kerzengerade und mit vor dem Bauch gefalteten Händen hinter mir und musterte mich mit strengem Blick. Ich hatte sie wohl wegen der dicken Teppiche nicht kommen hören.

„Ja“, log ich. „Schön weiß.“

„Farben lenken vom Wesentlichen ab“, erklärte sie.

Ich verstand nur Bahnhof. Ich hatte immer gedacht, das Wesentliche wäre, sich in einem Zimmer wohlzufühlen und darin stundenlang Comics zu lesen oder zu zeichnen. Aber vielleicht ist das Wesentliche ja auch, den Drang zu bekämpfen, sich aus dem Fenster zu stürzen, um der weißen Einöde zu entkommen? Als eine Art Training des Überlebenswillens?

„Das ist mein altes Kinderzimmer, weißt du? Wir haben alles so gelassen, wie es war“, erzählte mir Barbaras Mutter, während ich sie spontan bedauerte und sie auf der Suche nach schönen Erinnerungen langsam durch ihr Zimmer schritt. Sie blieb vor einem weißen Regal stehen, in dem außer alten Schulbüchern auch eine kleine Puppe stand. Kerzengerade – wie Barbaras Mutter selbst.

Barbaras Mutter sah ein bisschen so aus wie aus der Zeit gefallen. Sie erinnerte mich an die Haushälterin von Heidi. Frau Rottenmeier. Die trug auch immer so viel Kleid, als ob ein Sonnenstrahl auf der Haut sie verdampfen lassen könnte wie einen Vampir im Solarium.

Zaghaft lächelnd nahm Barbaras Mutter die Puppe aus dem Regal und zupfte ihr das Kleidchen gerade. Auf dem Kopf hatte die Puppe einen Dutt. Einen Dutt nennt man den dicken Knoten, den man aus seinen Haaren macht, damit der Kopf strammer auf dem Hals sitzt und nicht so hin und her schlackert. Kennt man ja aus der Schifffahrt. Seemannsknoten und so. Frauen mit Dutt halten daher ihren Kopf immer sehr gerade und müssen ständig damit rechnen, überfahren zu werden, weil sie nicht nach links oder rechts gucken können, bevor sie die Straße überqueren.

„Nun ...“ Barbaras Mutter, die gerade noch in Gedanken versunken schien, stellte die Puppe zurück ins Regal und kam auf mich zu. „Ich freue mich, dich mal wiederzusehen.“

„Das glaube ich Ihnen gerne“, sagte ich. „Das geht fast allen so. Ich freue mich auch.“

Dann reichte sie mir ihre Hand und ich wusste für einen Moment nicht, was sie von mir erwartete. Schließlich hatte ich selten mit so feinen Damen zu tun. Meine Familie ist nicht so fein. Eher handfest und körnig wie grobe Leberwurst. Kurz entschlossen schnappte ich mir ihre Hand und küsste sie. Barbaras Mutter war perplex. Damit hatte sie wohl nicht gerechnet. Dass einer wie ich so tolle Manieren hatte. Noch beeindruckender wäre mein Handkuss wohl gewesen, wenn ich vorher daran gedacht hätte, meinen Kaugummi aus dem Mund zu nehmen. Denn der klebte jetzt als rosa Sabberklumpen mitten auf ihrem Handrücken. Barbaras Mutter starrte darauf, zog ein Taschentuch aus ihrem Ärmel wie ein Zauberer und entfernte den Kaugummi.

„Ich bringe dich mal zu Barbaras Zimmer“, sagte sie.

„Sehr gerne, Frau Schwemme.“

Sie nickte mir zu und ging an mir vorbei in den Flur. Ich folgte ihr.
„Was ist denn das?“, fragte Barbaras Mutter auf einmal, ging leicht in die Knie und begutachtete zwei braune Streifen auf dem Teppich.
„Auf den Kacheln geht es weiter“, sagte ich und zeigte den Flur hinunter.
„Das sind keine Kacheln. Das ist Marmor.“
Marmor kannte ich jetzt nur als Kuchen und nicht als Kachel. Aber wenn man Marmorkuchen lange stehen lässt, wird er ja auch bretthart. Ich nahm mir fest vor, der Sache beim nächsten Kaffeeklatsch meiner Mutter mal auf den Grund zu gehen und den Marmorkuchen zu klauen. Den würde ich dann in Scheiben geschnitten so lange unter meinem Bett lagern, bis er hart genug war, dass ich ihn heimlich auf unseren Flurboden kleben konnte. Als Überraschung für meine Mutter, die ja auch gerne ein etwas pompöseres Leben führen würde.
Barbaras Mutter sah erst zu mir hoch und dann meinen Koffer an, der am Ende der braunen Spuren stand.
„Oha. Da bin ich in der Einfahrt wohl durch einen Kackhaufen gefahren“, stellte ich mit leiser Stimme fest. Die braunen Spuren waren definitiv von einem Hundehaufen, und den hatte ich einmal komplett im Haus verteilt.

Barbaras Mutter sagte nichts. Sie stand auf und ging. Ich schnappte mir meinen Koffer, hob ihn hoch, um nicht noch mehr von Prinzessins Tretmine zu verteilen, und folgte ihr schweigend.

Brave Helden

Barbaras Zimmer befand sich im zweiten Stock. Vor einer dunklen Holztür blieb ihre Mutter stehen. „Barbara, dein Freund ist da."
Sofort flog die Tür auf und Barbara grinste mich an.
„Da bist du ja!", jubelte sie.
„Hatte mich verirrt", murmelte ich und stiefelte an ihr vorbei ins Zimmer. Als ich den Koffer abstellen wollte, um Martin und Dieter zu begrüßen, die bereits ihr Quartier in Barbaras Zimmer aufgeschlagen hatten, schritt Barbaras Mutter ein.
„Na, na! Moment!", rief sie, nahm mir den Koffer ab und schleppte ihn in Barbaras Badezimmer. Die hatte echt ein eigenes Badezimmer! Sogar mit einer großen Wanne! In diese stellte Barbaras Mutter nun meinen Koffer und brauste erst gründlich die Räder ab und anschließend die Wanne. Dann desinfizierte sie beides mit einem Stinkezeug, das schlimmer roch als Hundekacke. Der Geruch erinnerte mich schmerzhaft an meinen letzten Zahnarztbesuch. Und der war alles andere als gut ausgegangen. Nicht für mich und nicht für meinen Zahnarzt.

Ich stand die ganze Zeit bedröppelt daneben und versuchte, so schuldbewusst wie möglich auszusehen. Als Barbaras Mutter fertig war, verabschiedete sie sich und die Unglaublichen Dreieinhalb waren unter sich. Martin keuchte die ganze Zeit und hatte einen knallroten Kopf mit weißen Flecken. Er sah ein bisschen so aus wie ein Fliegenpilz.

„Hab die Luftpumpe vergessen, ich Esel", stöhnte er und zeigte auf die beiden aufgeblasenen Luftmatratzen, die er ordentlich nebeneinandergelegt hatte – so weit weg von der Tür und möglichen Einbrechern wie möglich.

Manchmal ist es schon doof, mit einem imaginären Freund zu verreisen. So ein Freund wie Dieter, der nur in Martins Kopf existiert, will zwar immer bequem liegen, aber die Luftmatratze aufpumpen kann er natürlich nicht. Das musste Martin für ihn übernehmen. Und der wiederum war nicht gerade der fitteste Junge auf Erden. Eher das Gegenteil. Martin konnte echt froh sein, als Mensch und nicht als Fluchttier auf die Welt gekommen zu sein.

Für mich war als Schlafplatz Barbaras Couch vorgesehen, weil ich seit dem Feuerunfall bei unserem letzten Campingurlaub keinen Schlafsack mehr hatte. Wie schnell so eine Campingausrüstung mitsamt Zelt in Flammen aufgehen kann, glaubt man kaum. Wahnsinn. Ich würde an eurer Stelle dringend auf Kerzen im Zelt verzichten. Auch wenn das Comiclesen mit Kerzen viel gruseliger ist als ohne. So ein Urlaub, der gleich am ersten Tag abgebrochen werden muss, ist nämlich kein Zuckerschlecken. Vor allem nicht die stundenlange Rückfahrt mit zwei total wütenden Eltern.

Die Couch stand neben dem Bücherregal in einer Ecke des Zimmers. Aber was heißt schon Ecke. Barbaras Zimmer war rund, denn es war eines der Turmzimmer. Und wenn man aus dem Fenster schaute, sah man nichts als Wald. Dort also treibt der geheimnisvolle Spinnenmann sein Unwesen, dachte ich finster.

Nachdem wir alle ausgepackt und feierlich das Captain-Sauerland-Bild, das Symbol unseres Superheldenteams, aufgehängt hatten, kam Barbaras Mutter zurück. Sie trug ein großes silbernes Tablett, auf dem eine Teekanne dampfte und drei Tassen und eine Schüssel mit Schokokeksen standen.

„Lasst es euch schmecken“, sagte sie freundlich, stellte das Tablett auf den kleinen Couchtisch und verschwand wieder, ohne ein Geräusch zu machen. Dabei lag in Barbaras Zimmer gar kein Geräusche dämpfender Teppich! Der Boden war aus Holz. Wie machte Barbaras Mutter das? Ich kam ins Grübeln. Ihre Füße hatte ich nicht sehen können. Niemand konnte das, denn sie trug ein bodenlanges Kleid. Schwebte sie etwa? Oder fuhr sie auf einem Luftkissenboot? Oder hatte sie vielleicht sogar einen geräuschlosen Elektroroller unter ihrem Kleid versteckt? Oder war sie etwa ein Gespenst? Und wenn ja, wusste sie das? Wusste das irgendwer? Und wieso spukte sie nicht nachts, sondern am Tag? Ich beschloss, einen günstigen Moment abzuwarten und Frau Schwemme mal ganz unauffällig unter den Rock zu gucken.

Barbara, Martin und ich quetschten uns auf die Couch, tranken Tee und knabberten leckere Plätzchen. Alles war gut, bis Barbara plötzlich sagte: „Jungs, ich muss etwas Wichtiges mit euch besprechen."

„Oje." Martin stöhnte auf. „Es geht um den Spinnenmann, oder?"

„Nein. Leider nicht", erwiderte Barbara bekümmert. Sie sah auf ihre Füße, und ihre Stimme klang ungewöhnlich leise und zerbrechlich. Wie aus ganz dünnem Porzellan.

„Was'n los?", fragte ich.

„Meine Eltern wollen, dass ich auf ein Internat gehe."

„Was? Aber wieso das denn?", platzte es aus mir heraus, und tausend Gedanken tobten durch meinen Kopf. Meine Gedanken toben ja immer ganz gerne durch meine Gehirngänge. Wahrscheinlich weil ich einfach zu viele Gedanken habe. Das liegt an meinem fotografischen Gedächtnis. Mit dem kann ich mir nahezu alles merken, was ich sehe. Mein Kopf schießt immerzu Fotos. Nur sind meine Fotoalben längst voll und jetzt flattern die Fotos ziellos umher.

„Meine Eltern glauben, dass ich auf einem Internat bessere Noten bekomme. Weil ich nicht so abgelenkt werde“, sagte Barbara und sah weiterhin auf ihre Füße.
„Was meinst du mit ‚abgelenkt‘?“, fragte Martin.
„Von euch abgelenkt“, antwortete Barbara.
„Kapier ich nicht“, sagte ich. „Wieso lenken wir dich ab?“
„Meine Eltern glauben, dass ihr mir nicht guttut. Dass ihr meine Konzentration stört und so weiter.“
Ich schnaufte. Frechheit! Eine Frechheit war das! Schließlich war Barbara der Zappelphilipp und nicht Martin oder ich. Wenn also jemand jemanden im Unterricht störte, dann Barbara uns und nicht umgekehrt. Außer-

dem waren Barbaras Noten gar nicht so schlecht. Zumindest nicht im Vergleich zu meinen.
„Und wo ist das Internat?“, fragte ich.
„Weit weg“, sagte Barbara.
„Wie weit weg? Eine Viertelstunde mit dem Bus oder noch weiter?“ Ich dachte, dass man sich dann ja immerhin noch nachmittags treffen könnte.
„Eher fünf Stunden mit dem Bus.“
„Was? Aber das geht doch nicht!“, schrie ich. „Wir können doch nicht jeden Tag zehn Stunden mit dem Bus fahren, nur um uns zu sehen. Und außerdem gibt es in diesem Internat vielleicht sogar schon ein Superheldenteam!“
Dass sich Barbara einem anderen Superheldenteam anschließen könnte, machte mich ganz panisch. „Wie stellen sich deine Eltern das denn vor?“, schimpfte ich. Eltern sind manchmal aber auch so was von dämlich.
„Ich glaube, darum ging es ihren Eltern. Sie soll uns nicht mehr sehen. Weil wir einen schlechten Einfluss auf Barbara haben“, warf Martin ein.
Ich starrte Barbara an. Die sagte aber nichts. Sie sah mich nur kurz an und senkte dann wieder den Blick.
„Dann hat Martin Recht? Deine Eltern wollen nicht, dass du dich weiter mit uns triffst?“, hakte ich nach.
Barbara sagte keinen Mucks.

„Und wer passt dann in der Schule auf uns auf?“, fragte Martin besorgt. Und das aus gutem Grund. Nur der hibbeligen, supersportlichen und saustarken Barbara hatten wir es zu verdanken, nicht jede Pause von den Schurken aus der 6b (b wie böse) vermöbelt oder verarscht zu werden. Vor Barbara hatten sogar die Stärksten Respekt.

„Aber eine Sache kapiere ich nicht“, meldete sich Martin wieder zu Wort. „Wenn wir angeblich so schlecht für dich sind, wieso dürfen wir dann eine Woche hier sein?“

„Genau!“, rief ich. „Warum sind wir hier?“

„Zum Abschiednehmen“, schluchzte Barbara, die ich vorher noch nie hatte schluchzen sehen. Nicht ein einziges Mal!

Als ich bemerkte, dass sogar zwei Tränen ihre Wangen hinunterkullerten, schnürte es mir den Hals zu, und ich spürte, wie auch mir die Tränen kamen. Barbara zog die Nase hoch und schüttelte sich.

„Ich habe aber einen Plan!“, sagte sie und versuchte, zu lächeln und irgendwie optimistisch auszusehen.

„Du willst deiner Mutter unter den Rock gucken, um zu beweisen, dass sie ein Gespenst ist, und sie dann mit diesem Wissen erpressen!“, riet ich drauflos und dachte: Was für ein Spitzenplan! Keine Mutter möchte als Gespenst geoutet werden!

Martin sah mich an, als wäre ich ein Alien, der Yeti oder unser Physiklehrer Dr. Knarz mit guter Laune.
„Wie bitte?“, fragte Barbara irritiert. „Nein, das will ich nicht. Ich will meine Eltern davon überzeugen, dass ihr gut für mich seid und keinen schlechten Einfluss auf mich habt.“
„Ah, klar. So geht es natürlich auch“, sagte ich, nahm mir aber vor, die Gespenstersache lieber auf eigene Faust zu klären und zu unserem Vorteil zu nutzen. Als Trumpfkarte sozusagen.

„Und wie sollen wir das anstellen?“, fragte Martin verzweifelt.
„Wir benehmen uns einfach eine Woche wie die absoluten Traumkinder und machen keinen Blödsinn“, verkündete Barbara ihren aberwitzigen Plan. „Wir bleiben

immer freundlich und gehen jedem Abenteuer aus dem Weg!"

„Aber was ist mit dem Spinnenmann im Wald?", wollte ich wissen. Schließlich können Superhelden nicht auf einmal aufhören, Superhelden zu sein, und das Böse gewähren lassen, nur weil irgendwelchen Eltern mal ein Furz quer sitzt. Auch Superschurken haben ein Anrecht darauf, dass man sich mit ihnen beschäftigt und ihnen nach einem spannenden Kampf das Handwerk legt.

„Den Spinnenmann müssen wir vergessen. Am besten machen wir um den Wald einen großen Bogen", sagte Martin und glotzte dabei glücklich in die Runde.

„Das geht doch nicht!", protestierte ich heftig. „Wir

sind die Unglaublichen Dreieinhalb und nicht die Unglaublich braven Dreieinhalb!"
Barbara dachte nach. „Na ja, wir können zumindest mal nachsehen, ob es den Spinnenmann wirklich gibt. Das müsste gehen."
„Na also", sagte ich zufrieden. Immerhin etwas.
„Aber ansonsten müssen wir brav sein. Absolut brav und extrem pflegeleicht. Wir dürfen nichts anstellen", beschwor Barbara uns aufs Neue. Dann packte sie mich an den Schultern und sah mir so tief in die Augen, wie es sonst nur meine Mutter tat. „Das gilt besonders für dich, Sebastian! Kriegst du das hin?"
„Kein Problem. Das schaffe ich mit links", sagte ich und verschwieg lieber, dass ich bereits einen Hundehaufen im Flur verteilt und ihrer Mutter einen Kaugummi auf die Hand gespuckt hatte.

Natur heißt auch Gefahr!

Um so schnell wie möglich mit dem Bravsein anfangen zu können, wollten wir so schnell wie möglich das Spinnenmann-Rätsel lösen. Also zogen wir uns flink unsere Superheldenklamotten an und verwandelten uns in die Unglaublichen Dreieinhalb. Barbara schlüpfte in ihre Paraderolle Action-Bärbel. Sie ist der Teufelskerl beziehungsweise das Teufelsmädchen unserer Truppe. Sportlich, stark und ohne Angst. Aus Martin wurde das Chamäleon, dessen Superkraft es ist, so unscheinbar zu sein, dass es fast unsichtbar ist. Aus mir wurde das Gehirn und damit der Stratege und der von allen bewunderte Meister der verrückten Ideen und überraschenden Gedanken.

Barbaras Superheldenkostüm bestand aus einer langen, engen Turnhose in Gelb, einem langärmligen gelben Oberteil, schwarzen Gummistiefeln, einem coolen schwarzen Gürtel mit einer dicken, runden Gürtelschnalle, einem schwarzen Umhang und einer schwarzen Maske mit Federn am Rand. Ein echt cooles Kostüm!

Martins war deutlich weniger aufwendig. Er trug ein mittlerweile knallenges, gelb-schwarz gestreiftes T-Shirt, das an Biene Maja erinnerte, eine schwarze Balletthose und die Blümchenschürze meiner Oma als Umhang. Mein Kostüm war immer noch das alte. Schwarzer Umhang, ein T-Shirt mit selbst gezeichnetem Gehirn drauf, eine schwarze Balletthose und eine Maske, die laut Aufschrift eigentlich Zorro und seiner Rache gehört. Wie genau Dieters Superheldenklamotten aussahen, wussten wir natürlich nicht. Es war uns aber auch egal. Dieter, der Hosenscheißer, war nämlich ein echt erbärmlicher Superheld. Ich wette, der fürchtete sich sogar vor Pusteblumen, obwohl er nicht mal Allergiker war. „Käpt'n Spaßbremse" wäre übrigens auch ein toller Superheldenname für Dieter. Weil er – zusammen mit Martin – wirklich immer versucht, unsere angeblich viel zu gefährlichen Aktionen zu verhindern.

Nachdem wir uns umgezogen hatten, bildeten wir einen Kreis und sprachen unseren Superheldenschwur.

Wir streckten unsere Hände aus und legten sie übereinander. Dieter stand zwischen mir und Martin. Das behauptete Martin zumindest.
„Wir, die Unglaublichen Dreieinhalb, sind …“, begann wie immer ich.
„Action-Bärbel!“, rief Action-Bärbel.
„Das Chamäleon“, sagte Martin.
„Das Gehirn“, sagte ich.
„Der Hosenscheißer“, sagte Martin stellvertretend für Dieter.
Dann sprachen wir gemeinsam weiter: „Und wir schwören vor Captain Sauerland, stets dem Guten zu dienen und das Böse zu bekämpfen und nicht zu fürchten. Denn es gibt nur eine Sünde: Feigheit!“
„Und nicht brav zu sein“, ergänzte Barbara.
„Und nicht brav zu sein“, wiederholten Martin und ich.
Dann klatschten wir uns umständlich ab, drückten unsere Daumen aneinander, zogen uns gegenseitig an den Mittelfingern, drehten uns mit dem Rücken zueinander und stießen mit den Hintern zusammen. Dann drehten wir uns wieder um und taten dasselbe mit den Köpfen.
„Das mit den Köpfen sollten wir uns sparen“, stöhnte Martin, während er sich die schmerzende Stirn rieb.

Dann spurteten wir zum Wald, um den Spinnenmann zu suchen. Ein kleines bisschen hoffte ich, dass wir dort auf den echten Spinnenmann, also Spiderman, treffen würden. Für den würden wir sicherlich einen Platz bei uns im Superheldenteam frei räumen. Die Unglaublichen Viereinhalb inklusive Spiderman. Das wäre ein Ding.

Gerüchten zufolge war der Spinnenmann allerdings ein Riese, der dicke Schuhe trug und sich ein Netz mit lauter Blättern dran übergeworfen hatte. Wahrscheinlich zur Tarnung. Vielleicht hatte er aber auch nur einen schrägen Sinn für Mode. So wie meine Tante Hella, die derzeit das Piratenfieber gepackt hatte und die sich deshalb nicht mehr ohne Kopftuch und Augenklappe sehen ließ. Aber Tante Hella hat sie auch nicht alle.

Je näher wir dem Wald kamen, umso blasser wurde das Chamäleon. Das Chamäleon konnte Wälder nicht leiden. Wegen der Bäume, die einem die Sicht versperrten, der Gebüsche, hinter denen möglicherweise Schurken lauerten, und all den Tieren, die ihn beißen und mit komischen Krankheiten anstecken konnten. Dass dieser Wald auch noch ein Moor war und damit noch gefährlicher, machte ihn komplett fertig.

„Entspann dich mal. Das ist doch die reinste Idylle hier“, sagte ich. Was ich ernst meinte. Ich liebe Wälder,

weil sie spannend sind, schön und auch ein kleines bisschen gruselig.
„Von wegen!“, schimpfte das Chamäleon. „Das ist Natur. Und Natur ist nie Idylle. Mein Kinderzimmer ist eine Idylle. Aber doch nicht das hier.“
Kaum waren wir im Wald, wurde die Luft kühler. Die Geräusche der Tiere klangen anders und es wurde dunkler. Nur vereinzelte Lichtstrahlen brachen durch die Baumkronen und ließen Baumstämme und Büsche erstrahlen. Es war spitze.
So ein Wald wirkt ja immer etwas verwunschen und man kommt sich so vor, als wäre man Teil einer tollen Fantasy-Geschichte, wenn man von Baum zu Baum huscht. Das Chamäleon sah das mal wieder anders. Es kickte mürrisch Steine aus seinem Weg.
„Das ist ein nicht enden wollender Kampf ums Überleben“, brummte es vor sich hin. „Kreatur gegen Kreatur. Pflanze gegen Pflanze. Und … huaaah!“
Das Chamäleon schrie auf und machte panisch einen Satz rückwärts. Vor ihm raschelte das Gebüsch. Eine Amsel flog auf und verschwand.
„Das war nur eine Amsel“, versuchte ich Martin zu beruhigen. Natürlich vergeblich. Vögel waren ihm unheimlich. Angeblich weil die ihn immer anstarrten und so aussahen, als würden sie etwas im Schilde führen.

Das Chamäleon atmete tief durch und folgte mir motzend.
„Was heißt ‚nur'? Bei Vögeln ist es nicht anders als bei Menschen. Auch denen kann man nur vor den Kopf gucken und nicht hinein. Wer weiß schon, ob der Vogel einen Dachschaden hat oder nicht? Vielleicht ist der ja irre und denkt sich ständig Gemeinheiten aus!"

„Und wenn schon? Was soll so ein Vogel schon machen?", redete ich weiter auf das Chamäleon ein. „Der kann dir höchstens auf den Kopf kacken." Kaum dass ich meinen Satz zu Ende gesprochen hatte, bereute ich ihn auch schon, denn das Chamäleon blieb vor Schreck stehen und starrte ängstlich nach oben. Auf der Suche nach Vögeln, die ihm auf den Kopf machen könnten. Dann fummelte es eine Plastiktüte aus seinem kleinen Rucksack, nahm das darin eingewickelte Trinkpäck-

chen raus und setzte sich die Plastiktüte als Vogelschiss-Schutz auf den Kopf.
„Blöde Vögel. Blöder Wald. Blöder Sumpf!“, fluchte das Chamäleon und riss genervt an seinem Umhang, der ja eigentlich die Schürze meiner Oma war und ständig irgendwo hängen blieb. Ich hatte mir meinen Umhang deshalb extra in meine coole Superhelden-Balletthose gesteckt. Das war praktisch und machte mir einen riesigen, elefantösen Hintern.
Um dem Gezeter zu entgehen, beeilte ich mich, zu Action-Bärbel aufzuschließen. Aber das Chamäleon, das sich fürchtete, auf einmal allein im Wald rumzustehen, hechelte mir hinterher. „Nicht so schnell! Ich hab kurze Beine!“
Als wir Action-Bärbel eingeholt hatten, kniete die im Moos zwischen zwei dicken Bäumen und tastete irgendetwas ab.
„Kommt her, ich hab was gefunden!“, rief sie.
„Oh mein Gott. Was denn? Hoffentlich nichts Schreckliches“, jammerte das Chamäleon.
Wir näherten uns Action-Bärbel vorsichtig, um nicht in irgendwelche ausgefeilten Superschurken-Fallen zu treten. Zwischen den beiden dicken Bäumen war in ungefähr einem Meter Höhe und kaum sichtbar ein feines Netz gespannt, das bis zum Boden reichte.

„Was ist das?“, fragte ich.
„Ein Netz“, antwortete Action-Bärbel.
„Schon klar. Aber warum hängt es da?“, fragte ich nach.
„Keinen Schimmer“, sagte sie.
„Um irgendwas zu fangen. Vielleicht Vögel“, meinte das Chamäleon.
Action-Bärbel zweifelte an der Vogelfänger-Theorie. „Kann sein. Aber hängen die Netze dafür nicht etwas tief?“
„Gibt es Tiefflieger-Vögel?“, fragte ich das Chamäleon, das ja nicht nur der beste Schüler unserer Schule, sondern auch ein Fan der Naturwissenschaften war.
„Keine Ahnung“, bekam ich zur Antwort. „Mit Vögeln kenne ich mich nicht so aus.“
Das Chamäleon und ich gingen ebenfalls in die Knie und sahen uns das Netz genauer an, während Barbara die Umgebung nach Spuren absuchte.
„Meinst du, das Netz ist vom Spinnenmann?“, fragte das Chamäleon und schauderte bei dem Gedanken.
„Möglich. Wenn es ein echter Spinnenmann ist, dann spinnt er sicherlich auch Netze“, sagte ich.
„Ist es klebrig wie ein Spinnennetz?“, fragte das Chamäleon, und ich berührte das Netz vorsichtig.
„Nee. Das ist Nylon, glaube ich. So wie eine Angelschnur.“

Das Chamäleon schien erleichtert.
„Hier ist noch eins!“, rief Action-Bärbel und winkte uns zu sich. „Da!“, sagte sie und zeigte auf ein zweites Netz, das wie das andere zwischen zwei Bäumen gespannt war.
„Merkwürdig. Meint ihr, der fängt sich was zu essen?“, fragte ich. Meine Superhelden-Kollegen zuckten gleichzeitig die Schultern.
„Ich will es nicht hoffen, die armen Vögel“, sagte Action-Bärbel.
Gerade als wir vor dem komischen Netz knieten, fiel ein Schatten auf uns. Die Nylonfäden, die gerade noch silbrig in den Sonnenstrahlen geschimmert hatten, wurden fast unsichtbar und waren vor dem Graugrün des Waldes nicht mehr zu erkennen. Ich sah hinauf, um ein Stück vom Himmel zu entdecken. Nicht dass es gleich in Strömen regnen würde. Und dann sah ich ihn. Der Spinnenmann stand direkt hinter uns und starrte zu uns runter.

Der Spinnenmann

Er war wirklich riesig. Die Gerüchte waren nicht übertrieben gewesen. Er war ein Gigant. Mindestens zwei Meter groß. Ein Netz, gespickt mit Blättern, hing über seinem Kopf und reichte ihm bis zu den Knien. Ein schwerer Leinensack, in den er uns alle drei hätte packen können, hing ihm über der Schulter. Es war Furcht einflößend. Am schlimmsten waren aber seine roten, blutunterlaufenen Augen, die uns aus seinem grün-braun-schwarz bemalten Gesicht anfunkelten. Mein Herz raste und ich begann zu hecheln wie bei einem Sprint, dabei konnte ich mich nicht bewegen. Ich war wie gelähmt. Ich starrte den Spinnenmann an und er starrte zurück. Dann bemerkte auch das Chamäleon, dass irgendwas nicht stimmte, und folgte meinem Blick. Als es den Spinnenmann sah, stand das Chamäleon ruhig auf, klopfte sich die Hose ab und schlenderte pfeifend weg. Kaum hatte es ein paar Meter zurückgelegt, sprintete es los und schrie, als wäre ein wütendes Wildschwein hinter ihm her, ein zorniges Huhn, ein stinkiges Stinktier, ein fuchsteufelwildes Eichhörnchen oder eine schlecht gelaunte Amsel. Das

Chamäleon fürchtete sich vor allen Tieren. Aber am meisten vor denen mit mieser Laune.
Dann erhob ich mich und klopfte Action-Bärbel, die offensichtlich ganz vertieft in ihre Spurensuche war, auf die Schulter. Klopf, klopf.
„Was ist?“, fragte Action-Bärbel und drehte sich um.
„Oh“, machte sie bloß, als sie den Spinnenmann sah.
So wortkarg erlebte man Action-Bärbel selten.
„Wir gehen dann mal“, sagte ich und zog Action-Bärbel am Ärmel, ohne den Spinnenmann aus den Augen zu lassen. Der warf bereits seinen Sack auf die Erde und begann, mit beiden dicken Armen darin herumzuwühlen. Wahrscheinlich suchte er ein Netz, um uns gefangen zu nehmen. So cool wie möglich traten Action-Bärbel und ich den Rückzug an. Eine Grundregel für Superhelden lautet nämlich: Sei immer cool und würdevoll und zeige keine Angst!

Auf einer kleinen Lichtung ließen wir uns erschöpft zu Boden sinken und ich gratulierte dem Chamäleon zu seinem Spurt. So schnell hatte ich Martin noch nie laufen sehen. Angst verleiht vielleicht keine Flügel, aber schnelle Beine macht sie schon. Wie gesagt: Normalerweise ist das Chamäleon alles andere als sportlich. Es hat quasi gar keine Kondition, ist ungeschickt und kommt nur dann an die Marmelade dran, wenn jemand ihm den Deckel aufschraubt, egal wie locker er schon ist. Deshalb hat das Chamäleon auch nie Flaschen mit, sondern immer nur Trinkpäckchen, in die es Strohhalme piksen kann.

„Also, ich ... ich ... hab ... genug von dem Spinnenmann“, keuchte das Chamäleon.

„Das war echt gruselig“, fand Action-Bärbel und sah tatsächlich zum ersten Mal, seit ich sie kannte, verängstigt aus.

„Und nun?“, fragte ich. „Was machen wir jetzt?“

Action-Bärbel sah auf ihre Uhr. „Wir müssen nach Hause. Es gibt gleich Abendbrot.“

„Dann mal los“, sagte das Chamäleon und stand auf.

„In welche Richtung?“, fragte ich und Action-Bärbel zögerte.

„Eigentlich da lang“, sagte sie und zeigte exakt in die Richtung, aus der wir gekommen waren und wo der

Spinnenmann mit seinem Sack und seiner miesen Laune auf uns wartete.

„Niemals. Es muss einen anderen Weg geben", ächzte das Chamäleon.

„Nicht wenn wir mit trockenen Füßen ankommen wollen", sagte Action-Bärbel. „Der Rest des Waldes ist sumpfig. Das ist ein Moor hier."

„Und was ist, wenn ich im Moor stecken bleibe?", fragte ich nach.

„Dann ziehen wir dich wieder raus", antwortete Action-Bärbel. „Das wäre kein Problem. Das Moor ist nicht sonderlich tief."

„Und wenn wir alle drei stecken bleiben? Da drin findet uns doch niemand!", rief das Chamäleon und wedelte hektisch mit seinem Arm in die Richtung, in der er unser kühles Grab vermutete.

„Es ist nicht ganz ungefährlich, klar. Aber Jungs, in diesem Teil des Waldes kenne ich mich aus. Oder wollt ihr lieber dem Spinnenmann über den Weg laufen?"

„Neiiin!", schrie ich und ergänzte, nachdem mir aufgefallen war, dass das etwas feige geklungen haben könnte: „Noch nicht! Den Typ nehmen wir uns später vor. Erst mal müssen wir pünktlich zum Abendbrot."

Das Chamäleon sah mich an. Wir dachten beide über dasselbe Problem nach. Was war besser? Vom Spinnenmann in einen Sack gepackt und verschleppt zu werden oder im Moor unterzugehen und zu einem Sumpfmonster zu werden? Ich fand mich als Sumpfmonster besser, während ich dem Chamäleon ansah, dass ihm längst alles egal war. Es wollte nur weg von hier. So weit weg und so schnell wie möglich, denn langsam aber sicher brach die Dämmerung herein.

„Durchs Moor!“, rief ich, und das Chamäleon willigte ein. Bloß nicht noch mal dem Spinnenmann begegnen.

„Gut, dann mir nach!“, sagte Action-Bärbel und ging voran. Wir folgten schweigend.

Der Weg durch das Moor war mühsam. Der Boden war feucht. Selbst die Stellen, auf die man bedenkenlos treten konnte, waren matschig. Und trafen wir nicht genau die Fußstapfen, die Action-Bärbel hinterließ, sackten wir gleich bis zu den Knöcheln in den schlammigen Boden. Das Chamäleon sagte die ganze Zeit über kein Wort. Es war viel zu sehr damit beschäftigt, nicht auf Nimmerwiedersehen im Moor zu versinken. So im Entenmarsch kamen wir allerdings nur langsam voran. Es wurde immer dunkler. Die Bäume, die eben noch im Licht gefunkelt hatten, verwandelten sich in Silhouetten. In gruselige Silhouetten, die aussahen wie Monster, gefährliche Tiere oder unser Physiklehrer Knarz.

Je tiefer wir uns ins Moor hineinwagten, desto stiller wurde es. Die meisten Vögel hielten längst wie Martin ihren Schnabel. Neue, ganz und gar unheimliche Geräusche fluteten das Moor. Verdächtiges Knarren und Geknister, gruseliges Geglucker. Augenpaare starrten uns aus Bäumen an und Wurzeln griffen nach unseren Beinen.

Mir rutschte mehrmals das Herz in die Hose. Ich traute mich kaum mehr, meinen Blick schweifen zu lassen, aus Angst, irgendetwas Schreckliches zu sehen. Die Feuchtigkeit kroch mir die Beine hoch. So eine Ballett-hose ist echt nicht zum Wandern in Mooren gemacht. Ich fröstelte. Ein kühler Wind strich durch die Äste. Sie sahen aus, als würden sie uns zuwinken, um uns in die Falle zu locken. *Kommt hierher! Kommt nur! Kommt zu mir!* Ich begann, leise zu singen, um mir Mut zu machen. Action-Bärbel blieb stehen. Sie sah sich um.

„Was ist?“, flüsterte ich.

„Ich glaube, ich habe mich verlaufen. Bleibt mal kurz hier stehen.“ Action-Bärbel lief ein Stück voraus.

„Nein, lass uns nicht allein!“, rief ihr das Chamäleon nach. Zu spät. Action-Bärbel war weg. Erst hörten wir ihre Schritte noch und wie sie sich durch das Dickicht kämpfte. Dann war sie auch für unsere Ohren verschwunden und sofort wurde alles noch viel Furcht

einflößender. Das Chamäleon und ich setzten uns auf den Stamm eines umgefallenen Baumes.
„Weißt du eigentlich“, flüsterte mir das Chamäleon ins Ohr, „dass so Tausende von Horrorfilmen anfangen?“
Dafür, dass es kreidebleich war, klang das Chamäleon erstaunlich gefasst.
Mir lief ein eiskalter Schauer den Rücken runter. So eine Art von Schauer, wie er einen überfällt, wenn man sich in einer ausweglosen Situation befindet und ganz genau weiß, dass es noch viel schlimmer kommen wird. So in etwa wie bei der Zeugnisausgabe, wenn unsere Klassenlehrerin mit meinem Zeugnis in der Hand kopfschüttelnd auf mich zukommt. Furchtbar.
Auf einmal sah ich ein Licht. Es blitzte nur kurz auf. Ich dachte schon, dass ich mir das nur eingebildet hätte. Doch dann sah ich es wieder. Es war der Strahl einer Taschenlampe. Und der Strahl kam näher.
„Runter!“, zischte ich dem Chamäleon zu und wir versteckten uns blitzschnell hinter dem Stamm.
„Was ist das?“, fragte das Chamäleon leise und mit großen Augen.
„Ich glaub, ’ne Taschenlampe“, antwortete ich.
„Von Action-Bärbel?“, fragte das Chamäleon hoffnungsvoll.
Ich schüttelte den Kopf. „Action-Bärbel hat keine da-

bei. Außerdem ist sie in die andere Richtung gelaufen.“ Vorsichtig hob ich den Kopf. Das Licht kam näher. Auf einmal verharrte es und dann tastete der Strahl die Gegend um uns herum ab. So als würde er uns suchen. Als wüsste er, dass wir in der Nähe sind.

„Unten bleiben“, flüsterte ich, während der Strahl der Lampe unseren Baumstamm aufleuchten ließ.

„Wer ist das?“, flüsterte plötzlich Action-Bärbel hinter mir und kniete sich neben uns.

„Keine Ahnung“, sagte das Chamäleon bibbernd. „Geh du mal nachgucken. Wir bleiben so lange hier“, schlug es vor und glotzte mich an. Für wie blöd hielt es mich denn? Gut, ich habe in meiner Superhelden-Karriere schon einige Aktionen gestartet, die im Nachhinein betrachtet vollkommen unsinnig waren. Aber so irre, einer dubiosen Lampe ins Moor zu folgen, war selbst ich nicht. Und ich hatte mich sogar mal mit einer selbst gebauten Rakete ins Krankenhaus geschossen!

„Vergiss es! Geh du doch, oder frag Dieter, den Hosenscheißer!“, patzte ich das Chamäleon an.

„Dieter traut sich nicht“, erklärte das Chamäleon überflüssigerweise. Es war ja schon ein Wunder, dass der Hosenscheißer überhaupt noch da war und nicht längst nach Hause gegangen oder auf einen Baum geflohen.

Auf einmal wurde es wieder dunkel und die Taschenlampe entfernte sich.
Action-Bärbel richtete sich auf. „Los, steht auf! Wir folgen der Lampe."
„Bist du bekloppt geworden?", fragte das Chamäleon eher besorgt als beleidigend.
„Wir haben uns verlaufen, und wenn die Lampe nicht im Moor haust, wird sie uns aus dem Moor rausführen. Ist doch logisch", fand Action-Bärbel und schwang sich über den Stamm. „Kommt", flüsterte sie. Und wir schlichen tatsächlich der wahnsinnigen Action-Bärbel hinterher, die einer zweifelhaften Taschenlampe tiefer ins Moor folgte.
Wir wateten durch kniehohes Wasser, kletterten über umgestürzte Bäume und sprangen von einem kleinen Erdhügel zum nächsten. Immer wenn wir die Taschenlampe zu verlieren drohten, weil das Chamäleon oder ich im Modder stecken geblieben waren, schien es, als wartete die Lampe auf uns. Schließlich erreichten wir nach einer halben Ewigkeit den Waldrand, und das Licht, das uns geführt hatte, erlosch und verschwand.
„Wir haben es geschafft!", jubelte Action-Bärbel, und das Chamäleon, das nicht einmal gejammert hatte, selbst als es kopfüber in die stinkende Brühe gekippt war, sackte auf die Knie und begann zu glucksen.

Wir gönnten uns eine Verschnaufpause. Wir waren erschöpft, aber das Glück, dem Moor, dem Spinnenmann und dem sicheren Untergang entkommen zu sein, machte uns euphorisch. Wir lachten hysterisch los, als würden wir von Hunderten Federn gleichzeitig gekitzelt werden. Laut und mit kreidebleichen Gesichtern. Das war knapp gewesen und das wussten wir alle.

Allerdings war es schon spät. Und auch wenn wir den Spinnenmann hinter uns gelassen hatten – Barbaras Eltern standen uns noch bevor.

„Wir müssen uns ins Haus schleichen und waschen, bevor uns meine Eltern erwischen. Zu spät kommen ist schon blöd, aber total verdreckt zu spät kommen, ist noch viel schlimmer!“, sagte Action-Bärbel, und wir nickten nur. Eltern mögen Dreck nur in Blumentöpfen. Das ist ja bekannt.

Zimmerservice, ein Schwur und ein Piratenschatz

Wir schwiegen den ganzen Weg zurück zum Haus, weil uns allen dreien klar war, dass es heftigen Ärger geben würde. Dabei hatten wir doch genau das Gegenteil im Sinn! Brave Kinder wollten wir sein, um Barbaras Eltern davon abzuhalten, Barbara auf ein Internat zu schicken. Und nun sahen wir aus, als hätten wir uns mit den Schweinen um die Wette im Matsch gesuhlt und uns anschließend in einer Müllkippe gewälzt. Action-Bärbel sah auf die Uhr. Vor über zwei Stunden hätten wir zum Abendessen erscheinen müssen. Was das Chamäleon, das ja sehr für regelmäßige Mahlzeiten eintrat und Verzögerungen gar nicht leiden konnte, fix und fertig machte. Sein Magen knurrte abwechselnd wie ein Bär in Streitlaune oder gluckerte wie das Moor, dem wir eben geradeso lebend entkommen waren. Das Chamäleon litt unter einem empfindlichen Magen und so hockte es, auch ohne ein Abenteuer durchgemacht zu haben, die meiste Zeit seines Lebens entweder auf dem Klo oder vor der Hausapotheke. Ihm schwante bereits Böses, und so meldete sich das Chamäleon, während wir uns über die langen Flure zu

Barbaras Zimmer schlichen, als Erster fürs Badezimmer an.
„Erster Klositzer ohne Streit!“
Ich hoffte, dass Martin sich nicht ewig Zeit lassen würde, denn sogar ich freute mich auf eine Dusche. Vor allem, weil Barbara so eine ganz tolle Dusche hatte, in der das Wasser nicht nur von oben auf einen niederprasselte, sondern einen auch von der Seite nass spritzte, ohne dass man auch nur seine Hand heben musste. Das war fast so super wie meine Idee, mir Putzerfische anzuschaffen, damit das elende Waschen ein für alle Mal der Geschichte angehörte. Putzerfische sind nämlich diese lustigen kleinen Fische, die an größeren Fischen kleben. Und dabei reinigen sie die großen Fische, während die großen Fische weiterhin ihren Geschäften nachgehen können. Oder ihren Hobbys. Je nachdem. Ich hatte für meine Idee sogar eine richtige Präsentation erstellt und vorgetragen. So mit Bildern, einer Rede und Krawatte um den Hals.

Trotzdem fand meine Mutter meine Idee mal wieder total bekloppt. Obwohl ihre Lieblingsspeise Fischstäbchen sind. Versteh einer die Welt.
Barbaras Bad war einfach der Hammer. Es war riesig und mit goldenen Wasserhähnen. Sogar die Klobrille war golden angemalt. Wenn man sich da draufsetzte, hatte man das irre Gefühl, in einen Piratenschatz zu kacken.
Kurz bevor wir Barbaras Zimmer erreichten, ging mir der Schuh auf. Und damit ich nicht ins Stolpern geriet, stoppte ich und band die Schnürsenkel wieder zu. Kaum hatte ich die Schleife makellos verknotet, stand Barbaras Mutter auf einmal vor mir und sah mich streng an. Wieder hatte sich das Gespenst lautlos genähert. Sie begutachtete meine verschmodderten Schuhe und Klamotten und dann den ebenfalls total verschmodderten Flur. Blöderweise waren Action-Bärbel und das Chamäleon schon in Barbaras Zimmer verschwunden, sodass ich nun schon wieder als alleiniger Schmutzfink dumm dastand. Wenn auch mit links perfekt geknoteten Schnürsenkeln. Dann nahm sie mit spitzen Fingern meinen Umhang und hob ihn an.
„Interessante Verkleidung. Was soll die bedeuten?“, fragte sie.
„Dass ich ein Superheld bin“, sagte ich freundlich und

hoffte ein bisschen auf Erstaunen und Begeisterung. Allerdings vergeblich.
„Bist du nicht eher ein Schurke? Und zwar einer, der ständig Krawall macht?“, fragte mich Barbaras Mutter und sah aus, als würde sie gar keine Antwort erwarten. Das ist ja auch so eine Sache bei Erwachsenen. Ständig stellen sie einem Fragen, die man gar nicht beantworten soll. Manchmal, weil die Antwort schon feststeht, so wie bei der hier: „Und, hast du mal wieder eine Fünf in Mathe geschrieben?“ Oder bei der: „Musst du ausgerechnet jetzt im Garten nach Gold graben?“
Manchmal aber auch, weil die Frage gar keine Frage, sondern in Wirklichkeit eine Aufforderung ist: „Ziehst du dich jetzt bitte mal an?“ Oder: „Hörst du bitte damit auf aufzuzählen, welche Tierkotze genauso aussieht wie unser Mittagessen?“ Sagt da mal Nein. Ich schwöre euch, das macht ihr genau ein Mal und dann nie wieder. Zumindest wenn euch eure Freiheit und euer Taschengeld lieb sind.
Erwachsene sind komisch, aber leicht zu durchschauen. Das Gleiche galt für Barbaras Mutter, das Gespenst. Also sagte ich nichts außer „Entschuldigung“ und flitzte so schnell wie möglich in Barbaras Zimmer. Ich konnte nun wirklich genauso dringend eine Dusche gebrauchen wie der Teppich vor Barbaras Tür.

Als ich ins Zimmer kam, war Martin schon unter der Dusche. Barbara stand vor der Couch und stopfte gerade ihr Superheldenkostüm in eine große Tüte – und zwar in Unterwäsche! Sie schrie auf.
„Hey, anklopfen!“, brüllte sie, schnappte sich ihre Bettdecke und wickelte sich darin ein. In Unterhose und Unterhemd hatte ich sie noch nie gesehen. Ich bekam einen knallroten Kopf und konnte einfach nicht anders, als sie anzustarren. So als wäre sie ein Superschurke, ein Zombie oder eben ein Mädchen in Unterwäsche.
„Ähühähööőhähööö Rimmselbims“, stammelte ich, während Barbara mit den Armen fuchtelte. Ich ging langsam rückwärts. An der Tür suchte ich hektisch den Türknauf hinter mir. Ich öffnete die Tür und marschierte in den Flur. Ein Fehler, wie sich schnell, scheppernd und klirrend herausstellte. Da auch Superhelden nur selten Augen im Hinterkopf haben, bemerkte ich Barbaras Mutter nicht, die gerade unser Abendbrot auf einem großen Tablett ins Zimmer tragen wollte. Jetzt lag das ganze Zeug auf dem Boden.
„Cool, Zimmerservice“, sagte ich und lächelte, so nett ich konnte.
Barbaras Mutter atmete tief durch, verdrehte die Augen himmelwärts und suchte die Decke ab. Wahr-

scheinlich nach einem Loch, durch das sie mich aus dem Haus schießen konnte.
Sie drückte mir das leere Tablett in die Hand, sagte: „Guten Appetit", drehte sich um und verschwand.
Barbara kam auf den Flur. Mit Jogginghose und T-Shirt bekleidet sah sie Gott sei Dank wieder aus wie mein Kumpel Barbara und nicht wie das Mädchen Barbara.
„Was war das für ein Lärm?", fragte sie. Ich zeigte auf unser Abendbrot. Auf die Brotscheiben, die Gürkchen, die Wurst, die Tomaten und den Käse, die gemeinsam in einer Suppe aus Tee im Flur herumschwammen.
„Oh Mann. Meine Mutter liebt den Teppich", sagte Barbara und fiel auf die Knie, um unser Abendbrot wieder aufs Tablett zu schaufeln. „Los, hilf mir, bevor Martin das sieht."
Ich hockte mich neben sie und schob die Gewürzgurken und ein paar geviertelte Tomaten auf das Tablett. Dabei musste ich die ganze Zeit daran denken, dass ich den geliebten Teppich bereits dreimal versaut hatte und dass ich mich von nun an mächtig ins Zeug legen musste, um Barbaras Mutter davon zu überzeugen, dass ich kein Schurke und auch kein schlechter Freund für Barbara war.
Wir trugen die Überreste ins Zimmer und begannen zu retten, was zu retten war. Wir pusteten Fusseln von der

Wurst, wischten Krümel vom Käse und kippten die Reste des Tees in die Tassen, die nicht zu Bruch gegangen waren.
Als Martin frisch geduscht und im Pyjama aus dem Bad kam, sah unser Abendbrot schon wieder ganz manierlich aus. Nichts ließ darauf schließen, dass es eben noch auf dem Boden rumgelegen hatte.
Martin bemerkte nichts. Er ging zum Glück davon aus, dass unser eher kümmerliches Abendbrot die Strafe für unsere Verspätung war. Wenn er kapiert hätte, dass er etwas gegessen hatte, was schon mal auf dem Boden lag, wäre der Alarm groß gewesen.

Der Katzenstreu-Baron

Am nächsten Morgen ging ich mit Barbara zur Garage. Wir wollten Baumaterial und eine Schubkarre für unser Baumhaus holen.

Die Garage, die sich rechts ans Haus gekuschelt hatte, war so groß, dass man da locker mit unserem ganzen Haus hätte reinfahren können. Wenn unser Haus denn Räder hätte. Aber das hatte es ja nicht, weil meine Mutter einfach nicht an meine Ideen glaubt.

„Bist du wahnsinnig geworden?“, hatte sie, die alte Wohnmobil-Feindin, mich angeschrien. „Hör auf, unser Haus mit dem Hammer zu bearbeiten!“ Dann hatte sie mir erst den Hammer, dann die Säge und zum Schluss sogar die alten Autoreifen abgenommen, die ich mir vom Schrottplatz besorgt hatte. Und aus war der Traum vom fahrenden Haus. Vom Nie-mehr-entscheiden-Müssen, was man zu Hause lässt und was mit in den Urlaub darf. Vom Woanders- und doch Zu-Hause-Sein.

Statt im eigenen Bett fantastisch zu schlafen, musste ich weiterhin in quietschenden, unbequemen Klappbetten rumliegen, die die Blödmänner vom Hotel im-

mer ins Zimmer meiner Eltern stellten, statt in die Küche, den Flur oder ins Hallenbad.
Barbara nahm ein kleines Gerät in die Hand, drückte auf einen Knopf und das riesige Rolltor der Garage ging auf.
Die Schubkarre stand ganz hinten und davor parkten ganz viele ganz furchtbar alte Autos. Solche ohne Dach, aber dafür mit lustigen Scheinwerfern, die so aussahen wie Omas Nachttischlampe. Wahrscheinlich brauchten die Fahrer von damals so große Lampen, um rechtzeitig reagieren zu können, falls ihnen ein Dinosaurier mal die Vorfahrt nahm. Schließlich wollte kein Mensch in einen Unfall mit einem Dino geraten. Die Biester waren ja bestimmt schlecht oder gar nicht versichert und hatten außerdem riesige Zähne, immer miese Laune und Appetit auf Menschen, die ihnen mit ihrem Auto gegen den Hintern bretterten.

Wir haben nur ein Auto. Einen Kombi, der komisch riecht, seitdem ich den mal mit Gummibärchen vollgereihert hatte. Aber dafür hat meine Tante Hella jede Menge Laster. Zumindest behauptete das meine Mutter früher mal. Demnach besitzt Hella einen Laster für Kuchen, einen für Würstchen und sogar einen für selbst gemachten Eierlikör. Aber wie ich schon sagte, hat meine Tante Hella auch nicht alle Tassen im Schrank.
Ich ging durch die Garage und streichelte über die uralten Autos. Schön fand ich sie.
„Mein Vater sammelt Oldtimer“, erklärte mir Barbara.
Der Papa von Barbara liebte scheinbar alles, was alt und staubig war. Zum Beispiel Barbaras Mutter.
Auf einmal tauchte Barbaras Vater unter einem der Autos auf. Er lag auf einem Skateboard oder so was, und mit dem Ding war er wohl aus Versehen unter das Auto gerast. Er trug einen Blaumann, eine Schutzbrille und Altöl. Das Öl vor allem im Gesicht und an den Händen.
„Er bastelt gerne an den alten Dingern rum“, flüsterte Barbara mir zu. Ich nickte nur. Das kannte ich.
Mein Vater ist auch ein Heimwerker. Aber einer, der mehr Zeit im Baumarkt als im Hobbykeller verbringt. Dort kauft er immer mordsteures Werkzeug, mit dem er sich dann zu Hause auf den Daumen haut oder in

die Finger schneidet. Danach geht es dann schleunigst zum Arzt und dann weiter zum Baumarkt, wo er supersauer versucht, das Werkzeug gegen anderes, noch gefährlicheres umzutauschen. Das ist eine Endlosschleife. Kaufen. Verletzen. Verarzten. Umtauschen. Verletzen. Verarzten. Kein Wunder, dass mein Vater bis heute das Mobile nicht fertig bekommen hat, das ich eigentlich zu meinem ersten Geburtstag kriegen sollte.

Barbaras Vater sah allerdings kein bisschen verletzt aus. Vielleicht kannte er einen besseren Baumarkt.

Lächelnd kam er auf mich zu. Er wischte sich seine Hände erst an einem Handtuch ab und dann an meinen Haaren. Manche Erwachsene zerwuscheln Kinder ja gerne das Haar. Vor allem Männer. Wahrscheinlich weil sie sich gerne daran zurückerinnern, wie es war, als sie selber noch Haare hatten. Barbaras Papa, der Katzenstreu-Baron, hatte kaum noch welche.

„Na, Sportsfreund", begrüßte er mich. Wuschel, wuschel. „Lange nicht mehr gesehen." Wuschel, wuschel.

„Das stimmt", sagte ich. „Und in Ihrem Haus war ich auch noch nie."

„Dann ist es ja toll, dass du uns endlich mal besuchen kommst", sagte Barbaras Papa und versuchte wieder, meine Haare zu zerwuscheln.

Diesmal duckte ich mich aber rechtzeitig unter seinen

Pranken weg und lächelte brav, weil wir uns ja definitiv nichts mehr zuschulden kommen lassen durften. Sonst wären Barbaras und das Schicksal der Unglaublichen Dreieinhalb besiegelt und wir auf einen Schlag nur noch die Unglaublichen Zweieinhalb gewesen. Und spannende Abenteuer hätte ich mir von der Backe putzen können. Das Aufregendste wären dann noch die gemeinsamen Puzzleabende bei Martins Eltern gewesen. Ponys zusammenpuzzeln, während im Hintergrund die neue CD von Martins Vater rauf- und runtergedudelt wurde. Ein Albtraum der Langeweile.

Barbaras Papa kniff die Augen zusammen und strich sich übers Kinn. Er dachte nach. Oder er tat nur so. Ich mache das in der Schule auch oft, wenn ich schlauer oder nachdenklicher wirken möchte, als ich eigentlich bin. Den geheimnisvollen Grübler machen, nenne ich das.

„Ich glaube …“, sagte Barbaras Vater, „das letzte Mal haben wir uns gesehen, als dir … als diese peinliche Sache passiert ist. Du weißt schon.“ Erst zwinkerte mir Barbaras Papa zu, dann grinste er über beide Backen wie ein Honigkuchenpferd. Aber ich wusste es nicht mehr. Wer kann sich schon seine ganzen peinlichen Zwischenfälle merken? Ich jedenfalls nicht. Das waren ja Hunderte. Also begann ich zu raten.

„Sie meinen bestimmt den Bohneneintopf-Unfall, als wegen mir die Schulkantine sechs Wochen geschlossen werden musste.“

„Nein“, antwortete Barbaras Papa und sah verdutzt aus.

„Ah, dann meinen Sie bestimmt den Tag, als ich die Kühe von Bauer Jobsen freigelassen und aus Versehen zum Schulfest gejagt hatte?“

„Nein. Das war es auch nicht“, antwortete Barbaras Papa mit zusammengezogenen Brauen. Er sah jetzt richtig faltig aus.
„Jetzt weiß ich es!“, jubelte ich. „Das war, als wegen mir das frisch renovierte Chemielabor in die Luft geflogen ist, oder? Mit dem riesigen Feuerwehreinsatz! Wo wegen des Knalls die ganzen Lehrer und Schüler zwei Tage nur Brummen und Pfeifen hören konnten!“
Mittlerweile sah mich Barbaras Vater mit ganz großen Augen an. Sein rechtes Augenlid zitterte ein bisschen.
„Nein. Ich meinte den Tag, als du zwei verschiedenfarbige Socken anhattest“, sagte er.
„Natürlich!“ Ich schlug mir mit der Hand vor die Stirn. „Der Zweisockentag. Klar. Mann, das war echt peinlich!“, lachte ich.
„Ja.“ Barbaras Papa lachte gequält mit. „Sag mal, wie lange bleibst du noch mal bei uns?“, fragte er.
„Eine ganze Woche!“, sagte ich stolz.
„Eine ganze Woche. Wirklich? Tja. Muss das sein? Ich meine, äh ... super. Ich ... äh, muss mal los“, sagte Barbaras Vater hektisch.
„Wo musst du hin?“, fragte Barbara.
„Ganz dringend unsere Versicherung anrufen!“, rief er und rannte wie ein Rennpferd zum Haus.
Ich sah Barbara an. „Ist doch ganz gut gelaufen, oder?“

„Ja. Finde ich auch“, sagte Barbara. „Es ist nichts kaputtgegangen. Dann lass uns mal die Schubkarre holen.“

Das Baumhaus

Eine schöne alte Buche am Rande von Schwemmes Garten hatten sich Barbara und ihr Vater als Platz für unser Baumhaus ausgeguckt. Hinter der wilden Wiese begann auch gleich der Wald, in dem sich der unheimliche Spinnenmann rumtrieb. Eine Tatsache, die Martin und Dieter so gar nicht behagte.

Barbaras Vater hatte bereits alles herbeigeschafft, was wir brauchten: Bretter, Nägel und jede Menge Werkzeug lagen unter der Buche verstreut. Die Äste des Baumes waren in wenigen Metern Höhe geradezu perfekt gespreizt, um darauf unser Baumhaus zu errichten. Martin wurde es ganz schwummerig, als er am Stamm hochsah.

„Oje, oje“, murmelte er in einer Tour, unterbrochen nur durch sein Mann-ist-das-hoch!- und Wir-werden-alle-sterben!-Gestöhne.

Während ich das Baumaterial durchsah, kletterte Barbara flink die Buche hinauf.

„Hier ist der perfekte Platz für ein Baumhaus!“, rief sie zu uns herunter und hangelte sich weiter von Ast zu Ast. Martin weigerte sich, auch nur eine Sekunde länger hochzusehen, aus Angst, Zeuge von Barbaras Absturz zu werden.

„Was meint ihr?“, rief Barbara.

„Super!“, schrie ich.

„Komm lieber runter!“, schrie Martin.

Während Barbara geschickt wie ein Äffchen den Rückweg ankletterte, rollte ich schon mal den Bauplan aus. Den hatte ich bereits vor Tagen zu Hause gezeichnet und er war spitzenmäßig geworden. Dieses Baumhaus würde das größte, höchste, prächtigste und beeindruckendste Baumhaus der Welt werden, so viel war klar. Gerade mit den Details hatte ich mir besonders viel Mühe gegeben. Schließlich sollte das kein 08/15-Baumhaus für normale Kinder werden, sondern die Übergangssuperheldenzentrale der Unglaublichen Dreieinhalb.

Und echte Superhelden konnten sich ja wohl kaum in einem miesen Bretterverschlag treffen. Was sollten denn sonst die Superschurken denken? Die hielten uns dann ja für die zweite Wahl, für Superhelden-Hinterbänkler oder schlicht für maskierte Deppen, wenn die uns in einem Schuppen hocken sahen, in dem ein Schurke nicht mal seinen Rasenmäher abstellen würde. Das ging nicht. Die Unglaublichen Dreieinhalb waren ein Spitzensuperheldenteam und benötigten eine angemessene Behausung!

Aber all das war Martin piepegal. Er legte eine Plastiktüte auf die Wiese, setzte sich im Schneidersitz drauf und verschränkte bockig die Arme vor der Brust. Wütend und stur wie ein wilder Bergesel stellte er klar, dass er Baumhäuser grundsätzlich super fand. Aber nur die, die nicht in Bäumen hingen. Unter gar keinen Umständen wollte er solch einen hohen Baum hochklettern, und noch weniger wollte er in solch einer Höhe irgendwas bauen.
Kaum war Barbara wieder heil unten angekommen, setzten wir uns zusammen vor meinen Plan, und Martin, der Weltmeister im Gefahrenerkennen, wo keine

waren, begann, in meinem Entwurf herumzusauen. Er zog einen Stift aus seiner Hemdtasche und fing an, so lange Sicherheitsvorrichtungen einzuzeichnen, bis mir der Kragen platzte.

„Das ist doch total uncool!", rief ich.
„Alles, was der Sicherheit dient, ist ganz automatisch cool", behauptete der uncoolste Junge der Welt. „Und Dieter sieht das ganz genau so", fügte er hinzu. Aber Dieter war mit Sicherheit der uncoolste imaginäre Freund der ganzen Galaxis. Der wurde ganz bestimmt von anderen imaginären Freunden ausgelacht und nie

zu imaginären Geburtstagsfeiern eingeladen. Selber schuld!

Wir diskutierten noch eine ganze Weile, was cool war und was nicht, bis es Barbara zu bunt wurde. Sie hasste es, wenn man zu lange über etwas quatschte, anstatt endlich richtig anzupacken.

„Jungs, lasst es gut sein“, sagte sie. „Beide Pläne sind Blödsinn. So ein Riesenbaumhaus kriegen wir nie im Leben gebaut. Wir sind noch Kinder und keine ausgebildeten Schreiner. Unser Baumhaus braucht vier Wände, ein Dach, eine Tür und ein Fenster. Alles andere schaffen wir sowieso nicht. Oder wollt ihr die ganze Woche rund um die Uhr am Baumhaus bauen?“

Martin und ich sahen uns an.

„Aber ...“, wollte ich zaghaft protestieren, doch Barbara würgte mich ab.

„Nix aber. Lasst uns jetzt anfangen“, entschied sie und sprang auf.

Aber Martin beharrte weiterhin auf seinem feigen Standpunkt. „Ohne Sicherheitsnetze und Auffangmatten kriegt ihr mich und Dieter da nicht hoch. Das ist viel zu gefährlich.“

„Egal“, flötete Barbara fröhlich, die bereits damit begonnen hatte, Balken zu sortieren. „Dann bauen wir das Baumhaus halt neben statt auf den Baum.“

„Was?“, rief ich fassungslos. „Ein Baumhaus neben dem Baum? Geht’s noch blöder? Was soll das? Ein Baumhaus gehört auf einen Baum. Nicht daneben. Das ist doch glasklar! Sonst wäre es ja kein Baumhaus, sondern ein Neben-dem-Baum-Baumhaus.“
Aber irgendwie wollten die anderen das nicht einsehen. Sie blieben stur. Und ich kassierte die erste Abstimmungsniederlage in der Geschichte der Unglaublichen Dreieinhalb. Martin, Dieter und Barbara stimmten dafür, das Baumhaus ganz öde und blöde auf dem Boden zu bauen. Ich war der Einzige, der nicht den Verstand verloren hatte, und wollte es hoch oben in der Buche sehen, wo so ein Baumhaus ja auch hingehörte. Und um es noch langweiliger zu machen, bestand Barbara angeblich aus Zeitgründen auch noch darauf, auf „unnötigen Schnickschnack“ zu verzichten. Vier Wände, einen Boden und ein Dach, eine Tür und ein Fenster und einen kleinen Extraraum für Martins Campingklo sollte unser Baumhaus haben. Und den Extraraum bekam Martin nur, weil er sich empört weigerte, seinen nackten Hintern irgendwo in die Landschaft zu halten. Wahrscheinlich fürchtete er sich davor, dass ihn ein Salamander in den Po beißen könnte. Oder eine fleischfressende Pflanze.
Also bauten wir in fünf Zentimeter Höhe das nied-

rigste Baumhaus der Welt, das im Grunde nur ein dämlicher Geräteschuppen mit Klo war. Aber selbst das reichte Martin noch nicht. Er gab erst Ruhe, nachdem wir ein Warnschild vor der Baumhaustür aufgestellt hatten: Vorsicht, Stufe! Was für ein Quatsch! Aber Abstimmung ist eben Abstimmung. Blöde Demokratie. Manchmal haben es die Superschurken echt besser. Wenn die versuchen, die Weltherrschaft an sich zu reißen, machen die vorher nicht extra noch eine Abstimmung, ob der Plan auch allen gefällt. Böse Schurken tun einfach, was sie für richtig halten.

Das einzig Gute an dem Bretterverschlag war, dass wir rucki, zucki fertig waren. Schon am frühen Nachmittag war die Bruchbude, die mal ein ebenso cooles wie atemberaubendes Baumhaus werden sollte, fast fertig. Der Boden war gelegt, die Wände standen und das Dach war auch schon fast komplett fertig. Barbara turnte darauf rum, um die letzten Bretter festzunageln. Ich reichte sie an, während Martin die Bretter nach abstehenden Splittern und Nägeln absuchte, an denen man sich verletzen könnte.

„Ein Brett brauch ich noch!“, rief Barbara, und ich wuchtete eines zu ihr hoch. Aber anstatt das Brett zu greifen, glotzte sie zum Wald rüber.

„Nimm schon! Das Ding ist schwer!“, brüllte ich.

Aber Barbara antwortete nicht. Ich ließ das Brett wieder sinken.
„Was ist los?“, wollte ich wissen.
„Der Spinnenmann“, sagte sie leise, und mir gefror das Blut in den Adern.

Das Versteck des Bösen

Barbara und ich sahen uns nur kurz an, dann sprang sie vom Dach und wir liefen los. Über die Wiese Richtung Wald, dem schurkischen Spinnenmann hinterher. Warum wir das taten, wussten wir selber nicht so genau. Wahrscheinlich wegen unseres Superheldeninstinkts. Wir mussten ihm einfach nachjagen. Wir hatten keine andere Wahl. Martin und Dieter blieben zurück. Martin rief uns noch hinterher, jemand müsse auf das Neben-dem-Baum-Baumhaus aufpassen. Was natürlich Kokolores war. Wer klaute schon ein halb fertiges Baumhaus? Vor allem so ein popeliges. Die beiden hatten hundertpro nur die Hosen voll.
Kaum dass Barbara und ich im Wald waren, begannen wir zu schleichen. Der Spinnenmann musste irgendwo in der Nähe sein. Wir konnten ihn zwar nicht sehen, dafür aber hören. Krachend und knackend bahnte er sich seinen Weg durch das Geäst. Wir huschten ihm hinterher, nutzten jede Deckung und kamen immer tiefer in den Wald. Wir redeten kein Wort, gaben uns stattdessen Zeichen. Und wir wussten nicht, was wir eigentlich erwarteten. Wohin würde uns der Spinnen-

mann führen? In sein Versteck? Oder lockte er uns in eine Falle?
Mittlerweile war ich ziemlich außer Atem. Der Neben-dem-Baum-Baumhaus-Bau hatte mich geschwächt, und der schlammige Boden und das enorme Tempo, das der Spinnenmann vorlegte, setzten mir weiter zu. Ich keuchte und schwitzte und wusste, lange würde ich das Tempo nicht mehr halten können. Selbst Barbara sah etwas erschöpft aus. Wenn auch nur ein bisschen.
Auf einmal blieb Barbara stehen. Sie hob die Hand und signalisierte mir, ebenfalls sofort stehen zu bleiben. Ich lies mich auf den Boden plumpsen und schnappte nach Luft. Vom Spinnenmann war nichts mehr zu hören. In den Baumkronen schimpften die Vögel, die sich von uns gestört fühlten. Manche schienen uns sogar auszulachen.

Ansonsten war es still. Barbara legte ihren Zeigefinger auf die Lippen. Dann schlich sie leise weiter und wollte, dass ich ihr folgte. Mühsam rappelte ich mich auf.
Unser Weg führte uns eine Böschung hinunter. In eine Art Mini-Tal. Und dann sah ich, wohin der Spinnenmann verschwunden war: Er war durch das Tor der Hölle marschiert.
„Das ist der Eingang zu einem alten Bunker", flüsterte Barbara.
„Ist er da rein?", fragte ich.
„Glaube schon."
Barbara wagte sich noch ein Stück näher heran. Ich blieb lieber stehen und sicherte uns nach hinten ab.
Mit einem lauten Quietschen öffnete sich die schwere Stahltür des Bunkers. Barbara, die ohne Deckung dastand, schmiss sich auf den Boden. Der Spinnenmann trat hinaus ins Freie. Er zog sich seine schweren Stiefel aus und stellte sie vor der Tür ab, so als erwartete er den Nikolaus. Dann verschwand er wieder im Bunker.
Barbara robbte auf dem Bauch zu mir zurück. Keine Sekunde zu früh. Denn wieder öffnete sich die Tür und der Spinnenmann verließ zum zweiten Mal den Bunker. Er trug jetzt Gummistiefel. Knallend schloss er die Tür hinter sich und marschierte in unsere Richtung. Barbara und ich warfen uns in die Büsche. Nur wenige

Meter neben uns verschwand der Schurke wieder im Wald. Wir hörten seine schweren Schritte und sein Keuchen.

Wir blieben noch eine ganze Weile liegen, um sicherzugehen, dass der Spinnenmann nicht auf einmal kehrtmachte, weil er noch irgendwas im Bunker vergessen hatte. Eine Falle, einen Killerhund oder seinen Schokoriegel. Dann rappelten wir uns auf. Ich versuchte, den Dreck von meinen Klamotten zu wischen. Es misslang gründlich.

„Was meinst du?“, fragte mich Barbara. „Sollen wir mal in den Bunker schauen?“

Wahnsinnigerweise stimmte ich ihr zu. Wir mussten dem Geheimnis des Spinnenmanns auf den Grund gehen. Und deshalb blieb uns auch nichts anderes übrig, als sein gruseliges Versteck zu untersuchen. Ich sah keine andere Möglichkeit.

Vor der schweren Stahltür blieben wir stehen. Die Türklinke sah aus, als wäre sie für einen Riesen gemacht. Ich legte meine Hände um den Griff, drückte ihn nach unten und zog wie blöde an der Tür, ohne dass die sich auch nur einen Spaltbreit öffnete. Eines war klar: Der Spinnenmann musste übermenschliche Kräfte besitzen.

„Hilf mir mal!“, keuchte ich, und auch Barbara packte den Griff mit beiden Händen. Zu zweit rissen wir an

der Tür, bis sie endlich quietschend nachgab und sich öffnete. Ich wagte als Erster einen Blick ins Innere der Superschurken-Behausung.
Direkt neben dem Eingang stand eine große Metallkiste. Netze lagen darin, und zwar genau solche, wie wir sie schon im Wald gesehen hatten. Und unter den Netzen lagen zwei Ferngläser, eine Videokamera und ein paar Stative.
Nachdem Barbara die Tür hinter uns zugezogen hatte, war es mit einem Schlag totenstill. Die Geräusche des Waldes waren verstummt. Wasser tropfte von der Decke und fiel platschend auf den Betonboden. Ich konnte mein Herz pochen hören. Es war feucht und kalt hier drin und so finster wie in einem Grab. Nur eine kleine Kerze, die neben einem provisorischen Bett auf einer umgedrehten Kiste stand, tauchte den Raum in ein schummriges Licht. Kein Fenster weit und breit. Vor dem Bett erkannte ich auch zwei Käfige, so groß, dass man darin spielend Kinder einsperren konnte. Mir lief es eiskalt den Rücken runter.
„Mann, ist das unheimlich“, flüsterte Barbara neben mir.
Ich nickte nur und wagte mich ein Stück weiter rein. Meine Schritte hallten durch den Raum.
Es roch modrig. In etwa so, wie es in Omas Kleider-

schrank riecht oder Zombies riechen. Eines stand jedenfalls fest: So etwas Gruseliges hatte ich noch nie gesehen, dabei habe ich mal meine Tante Hella bei der Fußpflege überrascht! Mit ihrem dicken Huf auf dem Couchtisch!

Am hinteren Ende des Bunkers stand ein Schreibtisch. Und auf dem lagen sorgfältig gestapelt Dutzende von Büchern und Schreibheften. Machte der Spinnenmann im Bunker Hausaufgaben? Oder plante er die Weltherrschaft? Ich nahm mir sofort eines der Hefte vor und blätterte darin herum. Jede Menge Zahlen standen darin. Teilweise in Tabellen, teilweise hatte er sie einfach nur wild durcheinander aufgeschrieben. Wahllos

auf der Seite verteilt, wie eilige Notizen. Hier und da hatte der Spinnenmann aber auch Tiere gezeichnet. Insekten und vor allem Vögel. Die Zeichnungen waren nicht schlecht.
Barbara durchstöberte ein Regal, das neben dem Schreibtisch stand. Der irre Superschurke lagerte darin etliche total verstaubte Einmachgläser. Barbara nahm eines davon heraus und pustete die Staubschicht weg. Dann schrie sie entsetzt auf. Ich fuhr herum. Klirrend zerschellte das Glas auf dem Boden.
„Was ist? Was ist?“, kreischte ich.
„Spinne“, krächzte Barbara und zeigte auf den Boden. Ihr Blick blieb stur auf die Scherben gerichtet.
Tatsächlich. Da lag eine Spinne. Groß wie meine Hand. Ihre acht haarigen Beine vor dem Bauch gefaltet. Sie rührte sich nicht. Sie war tot.
„Ich hasse Spinnen“, ächzte Barbara und wich immer weiter zurück, bis sie mit dem Rücken ans Regal stieß. Das begann sofort zu wackeln. Die Gläser klirrten, fingen an zu zittern und zu rutschen. Barbara stand immer noch da wie angewurzelt. Ich rannte an ihr vorbei und warf mich vor das Regal, um es abzustützen. Doch es war zu spät. Zumindest für einige Gläser. Die rutschten an meinen ausgebreiteten Armen vorbei und zersprangen auf dem Boden. Ich stemmte mich mit mei-

nem ganzen Gewicht gegen das Regal, bis es endlich aufhörte zu wackeln.
„Oh Mann! Bei Spinnen dreh ich durch. Entschuldigung“, sagte Barbara und schüttelte sich angewidert.
„Wenn die sich die Beine rasieren würden, wären sie nur halb so schrecklich“, sagte ich.

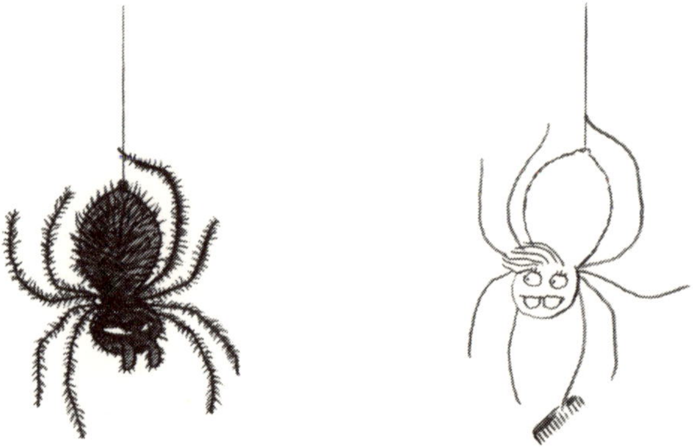

Ich konnte Spinnen auch nicht sonderlich gut leiden, aber ekelte mich nicht vor ihnen. Sind ja schon sehr nützliche Tiere, die Spinnen. Siehe Spiderman. Wenn der nicht von einer Spinne gebissen worden wäre, wäre die Welt schon ein paarmal untergegangen.
Aber warum der Spinnenmann tote Spinnen in Einmachgläsern aufbewahrte, leuchtete mir auch nicht ein. Wollte er gefährliche Monsterspinnen züchten, die so groß waren wie der Eiffelturm, ein Wolkenkratzer

oder meine Tante Hella? Um die Weltherrschaft zu erlangen? Oder wollte er sich gar von einem durchgeknallten Wissenschaftler in eine Spinne verwandeln lassen? Halb Mensch, halb Spinne und riesengroß? Ich fand das sehr wahrscheinlich.

„Lass uns abhauen", schlug ich vor. Keine Sekunde länger wollte ich in diesem Horrorkabinett verbringen. Und noch viel weniger wollte ich hier drinnen vom Spinnenmann überrascht werden. Vor allem, nachdem wir seine Einrichtung demoliert hatten.

„Moment noch", sagte Barbara, schob vorsichtig die Glasscherben unter das Regal und schubste mit der Schuhspitze die Spinnen hinterher. Dann rannten wir, wie von der Tarantel gestochen, aus dem Bunker, kreuz und quer durch den Wald, zurück zum Baumhaus.

Ein Guter in Grün

Kurz bevor wir den Waldrand erreicht hatten, hielt mich etwas fest. Eine Hand, groß wie die von Tante Hella, hatte mich an der Schulter gepackt. Ich verlor das Gleichgewicht und stürzte. Blitzschnell drehte ich mich auf den Rücken. Wie ein Käfer lag ich da und sah ein Gewehr, das einem in Grün gekleideten, kugelrunden Mann mit mächtigem Schnauzbart über der Schulter hing. Er sah ein bisschen aus wie eine grüne Weihnachtskugel mit Bart.

Ich blinzelte. Die Sonne knallte mir ins Gesicht. Der Kopf des Mannes war im Schatten.
„Was macht ihr hier?“, fragte der Mann in Grün.
„Wir … ich … spielen“, stammelte ich.

„Ich hoffe, ihr wisst, dass der Wald hier gefährlich und kein Spielplatz ist“, sagte der Mann in Grün und reichte mir seine Hand. Ich ergriff sie und er zog mich mit Schwung hoch, sodass ich einen kleinen Moment schwebte, bevor ich wieder auf meinen zwei zittrigen Beinen stand. Als ich seine kräftige Hand losließ, sah ich, dass er lächelte.
„Wie heißt du denn?“, fragte er, und meine Gedanken irrlichterten durch meinen Kopf. Sollte ich ihm die Wahrheit sagen? Oder war es besser, ihn anzuschwindeln?
Ich entschloss mich zu lügen.
„Ich bin Knut Füllenlücker“, sagte ich und biss mir auf die Lippen. Was war das denn für ein dämlicher Name? Obwohl – mein echter Name klang ja auch, als hätten meine Eltern den im Irrenhaus aufgeschnappt. Sebastian Traugott von Nervköter.
„Hallo, Knut.“
Weil ich seinen Namen nicht kannte, sagte ich nur: „Hallo, äh …“
„Dr. Leier, ich bin hier der Förster“, sagte er freundlich und reichte mir zum zweiten Mal die Hand. Diesmal schüttelte ich sie erleichtert. Förster sind im Grunde ja auch Helden. Nicht direkt Superhelden, aber immerhin.

„Sebastian?“, schrie Barbara, und ich schrie „Hier!“ zurück. Dr. Leier grinste.
„Ah, du heißt Sebastian, Knut?“
Ich scharrte mit den Füßen im Dreck und wurde rot. So schnell als Lügner enttarnt zu werden, war neu für mich. Normalerweise dauerte das länger. In der Regel vier Minuten. Mein Rekord lag bei knapp über zwei Stunden. Da waren die Röntgenbilder im Krankenhaus fertig gewesen und meine Lügengeschichte von den dreißig Nägeln, die ich angeblich wegen Eisenmangel zum Frühstück verputzt hatte, flog auf, und ich musste zurück zur Schule, um die Mathearbeit nachzuschreiben.
„Ja“, sagte ich tonlos und Dr. Leier lachte, während Barbara sich durchs Gestrüpp zu uns kämpfte.
„Was’n los?“, fragte sie. Dann entdeckte sie den Mann in Grün und verstummte.
„Schon gut, Barbara. Das ist Herr Leier, der Förster“, sagte ich.
Barbara entspannte sich. „Ich bin Barbara, ich wohne dahinten.“ Dann schüttelte auch sie ihm die Hand.
„Sehr nett, euch kennenzulernen“, sagte er. „Und ihr habt hier im Wald gespielt?“
„Ja, ähm … Ist das verboten?“, fragte Barbara vorsichtig.

„Verboten nicht. Aber gefährlich."
„Ach, ich kenne mich gut im Wald aus", winkte Barbara selbstbewusst ab.
„Wie weit ward ihr denn drin?"
„Nicht so weit. Nur ein paar Schritte", log Barbara.
„Dann ist ja gut." Der Förster musterte uns und nickte. „Weiter geht ihr aber auch bitte nicht rein. So ein Moor ist kein Spielplatz. Das ist gefährlich. Habt ihr mich verstanden?"
„Klar", sagte Barbara, und ich ergänzte: „Wir sind brave Kinder. Weil Barbara sonst ins Heim muss."
„Internat", verbesserte mich Barbara.
„Wo ist der Unterschied?", knurrte ich.
„Wir müssen dann mal", sagte Barbara und zog mich hinter sich her. Der Förster hob nur die Hand zum Abschied.

Unser Neben-dem-Baum-Baumhaus war verlassen. Von Dieter und Martin fehlte jede Spur. Was für Dieter nichts Ungewöhnliches war. Für Martin allerdings schon. Hatte ihn der Spinnenmann geholt und in den Wald verschleppt?
„Hier hängt ein Zettel. Sie sind zurück zum Haus", sagte Barbara. Dann sah sie auf ihre Uhr. „Mist. Wir sind schon wieder zu spät zum Abendbrot."

Ich wusste genau, was ihr in diesem Moment durch den Kopf ging: Unser Plan, uns wie brave Kinder zu benehmen, drohte kläglich zu scheitern.
Vor der Flügeltür zum Esszimmer der Schwemmes blieben wir stehen. Barbara richtete sich ihre Klamotten und strich sich die Haare glatt. Ich machte ihr alles nach, obwohl mir der Sinn dahinter nicht einleuchten wollte. Wir waren verschwitzt und verschmutzt. Da konnten wir an unseren Klamotten und Haaren rumzuppeln, wie wir wollten. Ihre Eltern mussten schon blind oder total blöde sein, wenn sie das nicht bemerkten.
Nachdem Barbara ihr T-Shirt in die Hose gestopft hatte, atmete sie noch einmal tief durch, lächelte mir etwas krampfig zu und öffnete die Tür.
Ein riesiger Holztisch stand inmitten des ansonsten fast leeren Zimmers. Vier große Holzstühle standen jeweils an den Seiten und einer an jedem Kopfende. Jeder Stuhl war so groß wie ein Thron. Hatten auf denen vielleicht schon Könige gesessen oder sogar coole Ritter oder Piraten? Piraten kamen mir am wahrscheinlichsten vor. Ein Piratenschatz würde auch das ganze Gold erklären, das man in Barbaras Badezimmer verbaut hatte.
Barbaras Eltern saßen sich an den Kopfenden gegenüber. Ganz weit weg voneinander. Wahrscheinlich

schmatzte einer von beiden. Eltern sind ja, was Schmatzen angeht, oft etwas empfindlich. Frau Schwemme saß direkt vor dem Fenster, sodass man sie in der untergehenden Abendsonne nur schemenhaft ausmachen konnte. Das alte Gespenst.

Für uns waren zwei Plätze an der Seite eingedeckt. Gegenüber von Martin. Der saß bereits am Tisch und mampfte zufrieden eine Stulle. Barbaras Mutter hatte sogar für Dieter gedeckt. Wie Martin sie dazu gebracht hatte, war mir ein Rätsel.

Schuldbewusst marschierten Barbara und ich zu unseren Plätzen. Vor uns auf dem Tisch standen Körbe mit Brot und Brötchen, auf einem silbernen Tablett lagen verschiedene Käse- und Wurstsorten und in kleinen Schüsselchen warteten Gewürzgurken, Silberzwiebeln, geviertelte Tomaten und in Scheiben geschnittene Gurken darauf, von uns verputzt zu werden. Unser Tee stand dampfend auf einem Stövchen.

Barbaras Eltern musterten uns schweigend.

„Es tut mir leid“, sagte Barbara.

„Was tut dir leid?“, fragte ihre Mutter, und falls sie sauer auf uns war, ließ sie es sich nicht anmerken.

„Dass wir uns verspätet haben“, antwortete Barbara.

„Und warum habt ihr euch verspätet?“, fragte Barbaras Mutter.

„Wir haben die Zeit vergessen", sagte Barbara. „Beim Baumhausbauen."
„Ich mag es nicht, angeschwindelt zu werden, Barbara. Das weißt du", sagte Frau Schwemme ruhig.
„Aber wir haben am Baumhaus gearbeitet!", protestierte Barbara.
„Das mag sein. Aber vorhin war nur Martin dort."
„Und Dieter", warf Martin ein. „Dieter war auch da."
Barbaras Mutter sah lächelnd zu ihrem neuen Liebling Martin rüber. „Selbstverständlich. Dieter war auch da. Ihr beiden allerdings nicht." Sie musterte Barbara und mich streng.
„Wir waren im Wald", gestand Barbara leise.
„Im Wald?" Barbaras Vater ließ seine Gabel auf den Teller fallen. „Ich habe dir doch verboten, im Wald zu spielen."
„Ich weiß", sagte Barbara und senkte den Kopf.
„Wir haben nicht gespielt", mischte ich mich ein. „Wir haben den Spinnenmann verfolgt. Bis zu seinem Bunker."
Barbara funkelte mich an. Sie wollte mich wohl zum Schweigen bringen. Aber das war mir egal.
„Wir waren einem Schurken auf den Fersen! Einem Superschurken!", erklärte ich Barbaras Eltern mit todernster Miene.

Barbaras Vater atmete tief durch. Die Nachricht hatte ihm offenbar zugesetzt. Und zu Recht. Wer lebte schon gerne in der Nachbarschaft eines Superschurken? Ich blinzelte ihm kameradschaftlich zu.
„Keine Sorge, wir kümmern uns darum. Sie müssen keine Angst haben!“, versuchte ich ihn zu beruhigen.

Barbaras Mutter lächelte mich an. Aber es war kein nettes Lächeln. „Erzähl keinen Unsinn, Sebastian“, sagte sie dann auch prompt. „Es gibt keinen Spinnenmann im Wald. Es gibt überhaupt keine Spinnenmänner.“
„Und ob es den gibt!“, empörte ich mich. „Wir haben ihn doch alle gesehen. Stimmt's, Martin?“
Martin sagte nichts. Er hatte den Mund voll und sprach

grundsätzlich nicht, wenn er etwas im Mund hatte. Blöde Erziehung!

Aber ich wollte mich keinesfalls geschlagen geben. Ich wollte, dass man uns glaubte. Doch ein Seitenblick von Barbara brachte mich endgültig zum Schweigen.

„Esst nun“, sagte Barbaras Mutter und trank einen Schluck aus einer feinen Porzellantasse. Der Teller vor ihr war noch strahlend weiß. Hatte sie überhaupt etwas gegessen? Musste oder konnte sie überhaupt essen? Hatten Gespenster Hunger? Und wenn ja, was war ihre Lieblingsspeise? Wackelpudding? Angstschweiß? Gehirn? Wobei – Letzteres schien mir unwahrscheinlich. Gehirne gehörten wohl eher auf die Speisekarte von Zombies.

Aber was auch immer Gespenster gerne futterten – die Beweise, dass Barbaras Mutter ein Gespenst war, verdichteten sich. Wenn es mir nur endlich gelungen wäre, sie zu überführen! Dann hätten wir Barbaras Mutter in der Hand gehabt und unsere Ferien wären gerettet gewesen. Und Barbara müsste nicht ins Internat.
Da kam mir die Idee. Was ja kein Wunder war. Schließlich bin ich das Gehirn. Der Kopf der Unglaublichen Dreieinhalb.
Ich schnappte mir eine Scheibe Brot und die Butter. Dann ließ ich mein Messer mit Absicht unter den Tisch fallen. Es schepperte auf dem kalten Steinboden. Jetzt galt es, die Gunst der Sekunde zu nutzen!
„Hoppala! Ich muss mal eben mein Messer aufheben. Das ist mir nämlich unter den Tisch gefallen! Und ohne Messer kann man sich kein Brot schmieren. Weil sich das nicht gehört. Butter wird mit einem Messer auf das Brot gestrichen und nicht mit den Fingern", erklärte ich.
In Wahrheit wollte ich natürlich einen Blick auf Barbaras Mutter werfen, genauer gesagt auf ihre Beine, wenn sie denn überhaupt welche hatte.
Ich huschte also unter den Tisch und sah zu ihr rüber. Mist! Nichts konnte ich erkennen. Keine Beine weit und breit. Der blöde Rock, den sie trug, war so lang,

dass er selbst im Sitzen bis auf den Boden reichte. Aber ein Zurück gab es jetzt nicht mehr. Ich schnappte mir das Messer, das direkt vor meinen Füßen gelandet war, und krabbelte unter dem Tisch zu Barbaras Mutter hinüber. Vorsichtig schlängelte ich mich an Barbaras und Martins Beinen vorbei. Dann packte ich ganz, ganz vorsichtig ein Stückchen Stoff und hob langsam den Rock an.

Ich weiß nicht so genau, ob Barbaras Mutter was gespürt hat, jedenfalls strich sie mit ihren dünnen Fingern erst den Rock glatt und trat mir dann volle Lotte mit ihren knallharten Absätzen auf die Finger.

„Auaaa!“, schrie ich und richtete mich ruckartig auf. Was jetzt eher blöd war. Weil ich ja unter dem Tisch hockte.

Mit einem großen Knall schepperte ich mit dem Schädel gegen die Tischplatte. Der Schmerz zischte rasend schnell durch meinen Kopf. Tränen schossen mir in die Augen. Mit meiner unverletzten Hand rubbelte ich wie blöde über meinen Kopf, um den Schmerz zu verscheuchen. Als der endlich etwas nachließ, bemerkte ich, dass mich alle anstarrten. Martin, Barbara und ihre Eltern hatten sich zu mir runtergebückt und schauten mich verdutzt bis fassungslos an. Das sah vielleicht bekloppt aus.

„Hast du etwa versucht, mir unter den Rock zu gucken?“, fragte Barbaras Mutter, und zum ersten Mal klang sie nicht seelenruhig. Ganz im Gegenteil. Eher hysterisch. Wie meine Mutter immer, wenn ich versuche, aus einem ihrer Lieblingskleider einen neuen Superheldenumhang zu schneidern.

„Nein ... mein Messer!“, ächzte ich und reckte meine rechte Hand hoch, in der ich das Messer hielt. Barbaras Mutter schob ihren Stuhl zurück und stand auf.

„Komm jetzt mal da raus“, sagte sie.

Ich krabbelte unter dem Tisch hervor und rieb mir die schmerzende Birne.

„Hast du dir wehgetan?“, fragte mich Barbaras Vater besorgt.

„Bisschen“, stöhnte ich, weil mein Kopf immer noch ziemlich wehtat.

„Lass mal sehen“, sagte Barbaras Mutter und untersuchte meinen Kopf. „Das wird eine Beule“, sagte sie und schaute mir tief in die Augen. „Ist dir schlecht oder schwindelig?“

„Nee, geht schon“, sagte ich. „Das passiert mir ständig.“

„Warum wundert mich das nicht?“, antwortete Barbaras Mutter, die eindeutig kein Gespenst war, da sie Füße hatte, die in sehr gefährlichen Schuhen steckten.

Dann schickte sie Martin, Dieter und mich in Barbaras Zimmer und Barbara in die Küche, damit sie mir einen Beutel Eis holte.

Eine gute Tat

Meine Birne schmerzte nicht lange und das Eis brauchte ich eigentlich gar nicht. Aber Barbaras Mutter bestand darauf, dass ich mich hinlegte und mir den Beutel auf den Kopf hielt. Vielleicht dachte sie auch, dass wir so wenigstens keinen Unfug mehr anstellten.

Nachdem Barbaras Eltern endlich verschwunden waren, setzten sich Martin und Barbara neben mich aufs Bett. Als Erstes erzählten wir Martin haarklein, was wir erlebt und rausgefunden hatten. Dass der Spinnenmann in einem Bunker hauste, Riesenspinnen in Gläsern sammelte und Hefte mit Zahlen vollkrakelte. Martin wurde immer blasser.

„Trotzdem ist der Spinnenmann gerade nicht unser größtes Problem“, beendete Barbara unseren Bericht.

„Nicht?“, fragte Martin ängstlich.

„Nein“, sagte Barbara. „Erst mal müssen wir meine Eltern beruhigen. Wir müssen uns irgendwas einfallen lassen, über das sie sich so sehr freuen, dass sie unsere kleinen Missgeschicke vergessen.“

Ein guter Vorschlag, fand ich. Ich legte den Eisbeutel zur Seite. Auch Martin nickte.

„Aber was?“, fragte er. „Einen Kuchen backen? Eltern lieben Kuchen.“
„Hm. Kann ich nicht. Kannst du Kuchen backen, Martin?“, fragte Barbara.
„Nee“, antwortete Martin. „Meine Mutter lässt mich nicht an den Backofen. Der ist angeblich zu heiß und gefährlich für mich.“
Barbara schaute hoffnungsvoll zu mir.
Ich schüttelte den Kopf. „Ich habe zwar mal einen Kuchen gebacken, aber ehrlich gesagt weiß ich seitdem nur ganz genau, wie Kuchen backen nicht geht.“

„Wie wäre es, wenn wir die Sauerei im Flur wegmachen?“, schlug Barbara vor. „Meine Mama liebt ihren Teppich. Und der hat in den letzten Tagen ganz schön gelitten.“
„Spitzenidee!“, rief ich.

„Wieso? Was ist passiert?“, fragte Martin nach, der ja wie so oft nur die Hälfte mitbekommen hatte. Und das war auch gut so. Denn erstens würde er uns nie verzeihen, dass sein Abendbrot, das er sich gestern gierig in den Schlund gestopft hatte, vorher auf dem Boden lag, und zweitens durfte er keinesfalls wissen, dass er Hundescheiße wegputzen sollte. Das würde ein Theater geben.

„Schmodder vom Wald“, sagte ich also schnell.

„Aber wir müssen es heimlich machen!“, sagte Barbara. „Das soll eine Überraschung werden!“

„Also putzen wir heute Nacht“, sagte ich und freute mich, denn irgendwie machen selbst die schrecklichsten Dinge auf einmal Spaß, sobald es Nacht wird. Wandern zum Beispiel. Tagsüber ist Wandern die reinste Folter. Nachtwanderungen dagegen sind total cool. So war das mit dem Putzen bestimmt auch. Ich dachte sogar darüber nach, ob ich meine Mathehausaufgaben nicht mal nachts machen sollte. Vielleicht würden die dann auch Spaß machen. Wenigstens ein klitzekleines bisschen.

„Gut.“ Barbara nickte zufrieden und ihr Gesicht hellte sich auf. „Wir haben einen Plan. Sobald meine Eltern im Bett sind, schleichen wir raus auf den Flur und bringen den Teppich wieder auf Vordermann.“

Martin knötterte noch etwas rum, dass er ja eigentlich seinen Schlaf brauchen würde und dass nachts grundsätzlich alles blöd ist. Schließlich willigte er aber auch ein.

„Sehr gut!“, jubelte ich. „Aber was ist mit dem Spinnenmann?“

„Nichts“, sagte Martin und rutschte nervös auf seinem Hintern hin und her. „Der lebt im Wald und wir leben hier. Und so soll es auch sein.“

Ich war empört. Verhielt sich so ein Mitglied der Unglaublichen Dreieinhalb?

„Wir sind Superhelden, Martin. Und der Spinnenmann ist ein Superschurke, der Monsterspinnen züchten will, um die Weltherrschaft an sich zu reißen! Das ist doch klar wie Kloßbrühe!“, schnauzte ich.

„Ach, wahrscheinlich ist das nur ein harmloser Spinner, der sich im Wald rumtreibt“, winkte Martin ab.

Martin, der alte Zweifler, sträubte sich mal wieder dagegen, die Fakten anzuerkennen. Er wollte partout nichts davon wissen, dass die Erschaffung von Monsterspinnen kurz bevorstand.

„Aber wir müssen ihn jagen! Was bleibt uns anderes übrig? Denk an unseren Schwur!“, redete Barbara auf ihn ein.

„Genau“, schloss ich mich Barbara an. „Wir sind Su-

perhelden. Und wer weiß, was der Spinnenmann noch alles anstellt, wenn wir ihn nicht zur Strecke bringen!"
„Ich weiß ja nicht ...", sagte Martin.
„Vielleicht treibt er sich nachts ja sogar im Garten rum", sagte ich so beiläufig wie möglich, weil so was beiläufig Gesagtes manchmal beeindruckender ist, als wenn man schreit.
„Hier? Bei uns?" Martin war schockiert.
„Klar", sagte Barbara. „Der Wald ist ja gleich um die Ecke."
Martin fröstelte, als wäre es bitterkalt. Dann stürzte er zum Fenster. Barbara und ich folgten ihm. Vielleicht schlich der Spinnenmann tatsächlich bereits ums Haus? Wir sahen aus dem Fenster und wir sahen nichts. Dann zog Martin das Rollo hoch und wir sahen noch mal aus dem Fenster. Immer noch nichts. Es war zu dunkel. Stockdunkel wie Nutella. Buckelbügel schlief oder trieb sich geschlossen im Keller rum.
Schemenhaft sah man den angrenzenden Wald und die Buche, neben der unser Baumhaus stand. Je angestrengter wir in die Dunkelheit starrten, umso mehr verdächtige Bewegungen und Monster sahen wir.
„Lasst uns mal lieber das Rollo wieder runtermachen", schlug Martin vor. „Das ist sicherer."
Martin hasste die Dunkelheit und alles, was sich darin

herumtrieb. Also ließen wir das Rollo wieder runter und setzten uns zurück aufs Bett.
„Wir könnten dem Förster Bescheid sagen. Der glaubt uns bestimmt!“, schlug ich vor.
„Das ist eine gute Idee!“, rief Barbara. „So kriegen wir bestimmt auch keinen Ärger!“
Sogar Martin fand meinen Plan spitze. Die gefährliche Arbeit dem Förster zu überlassen, spielte dem Angsthasen prima in die Hände. Ich sah auf meine Uhr.
„Was meinst du? Schlafen deine Eltern schon?“, fragte ich.
Auch Barbara sah auf die Uhr und nickte. Es war kurz nach zehn. „Ganz bestimmt. Meine Eltern gehen unglaublich früh ins Bett. Ich geh dann mal Eimer, Schwämme und Bürsten aus der Küche holen.“ Barbara hopste vom Bett und verschwand aus dem Zimmer. Wenige Minuten später war sie wieder zurück. Wir nahmen uns jeder einen Plastikeimer, füllten sie mit Wasser und Duschgel und machten uns als nächtliche Putzkolonne auf in den Flur.
„Kein Licht anmachen“, fuhr Barbara Martin an, der schon einen seiner kurzen Finger auf den Lichtschalter pressen wollte.
„Aber so sehen wir doch nichts“, protestierte Martin und fügte flüsternd hinzu: „Außerdem ist das gruselig.“

„Wenn wir das Licht anmachen, sieht man das durch die Fenster. Das geht nicht. Zu gefährlich“, erklärte Barbara, und Martin fügte sich schmollend.
„Dann schrubbe ich aber direkt vor deinem Zimmer. Weiter gehe ich nicht.“
„Von mir aus. Wie gehen wir vor?“, fragte Barbara.
„Am besten teilen wir uns auf“, schlug ich vor. „Martin macht den Teppich vor deinem Zimmer sauber. Ich fange unten an der Haustür an und du vor dem Kinderzimmer deiner Mutter.“
Martin und Barbara waren einverstanden. Ich verzog mich mit Barbara nach unten und wir begannen mit der geheimen Reinigungsaktion. Wenn uns das nicht zu den allerliebsten Kindern der Welt machen würde, wäre die Welt ungerecht und doof.

Und der Nobelpreis für Bravheit und Liebsein in Vollendung geht dieses Jahr völlig verdient an die Unglaublichen Dreieinhalb!

Auf einmal wurde es laut. Das Telefon im Eingangsbereich klingelte. Und zwar saulaut. So als würde es schreien: „Wacht auf! Los, wacht auf, ihr Schlafmützen!"

Panisch sah ich mich um. Ich hörte, wie oben eine Tür zuknallte. Wahrscheinlich hatte Martin sich in Barbaras Zimmer geflüchtet.

„Geh ran!", schrie mir Barbara vom anderen Ende des Flurs zu. „Schnell! Sonst werden meine Eltern wach."

Ich raste durch den Flur zu einem kleinen Tisch aus Marmor, auf dem das Telefon stand und schrill rumplärrte. Ich nahm das Gespräch an.

„Hallo", sagte ich mit verstellter, ganz tiefer Stimme.

„Herr Schwemme, sind Sie das?", fragte ein Mann am anderen Ende der Leitung. Im Hintergrund hörte ich das Brummen eines Motors. Er musste in einem Auto sitzen.

„Jawohl. Ich bin Herr Schwemme. Der Mann von Frau Schwemme und der Vater von Barbara Schwemme, der Tochter von Frau Schwemme und von Herrn Schwemme, also von mir", brummte ich wie ein Bär. Der Anrufer schwieg einen Moment. Er dachte wohl nach.

„Wirklich? Oder veräppeln Sie mich gerade?", fragte er. Verdammt! Er kam mir auf die Schliche. Ich musste ihn überzeugen.

„Wie kommen Sie denn darauf, Sportsfreund? Ich bin Herr Schwemme mit den wenigen Haaren und ich sammle Autos. Wie ich höre, sitzen Sie in einem Auto. Das finde ich gut. Weil ich ja Autos liebe."

„Kann ich bitte Ihre Frau sprechen?" Ich hatte den Anrufer wohl noch nicht ganz überzeugt.

„Nein!", kreischte ich etwas übertrieben. Ich atmete tief durch und brummte weiter: „Meine Gattin schläft bereits wie ein müdes Murmeltier oder ein Gespenst nach der Nachtschicht. Die kann ich nicht wecken. Das ist viel zu gefährlich."

„Hm. Gut. Vielleicht können Sie mir ja weiterhelfen."

„Ganz bestimmt, junger Mann", sagte ich, „ich bin ein sehr guter Weiterhelfer."

„Es ist so: Ich habe hier den ganzen Laster voller Katzenstreu. Loser Katzenstreu. Nicht verpackt. Das sind die Restbestände aus der alten Fabrik. Wissen Sie darüber Bescheid?", fragte er.

„Natürlich. Ich weiß und kann alles", sagte ich und ergänzte noch schnell: „Bis auf Mathematik!" Nicht dass ich noch eine Matheaufgabe lösen müsste. So gut, wie ich in Mathe war, würde das nämlich schwer nach hinten losgehen.

„Gut", antwortete die Stimme. „Ich weiß jetzt nicht, wo die Katzenstreu hinsoll. Soll ich die wirklich an die angegebene Adresse liefern oder doch besser zur neuen Fabrik fahren?“

Woher sollte ich das wissen? Ich dachte kurz nach und kam zu dem Schluss, dass ich jetzt einfach etwas sagen musste. Ich entschloss mich zu raten.

„Bringen Sie die Katzenstreu zur angegebenen Adresse“, sagte ich. Dann wünschte ich dem Fahrer noch eine unfallfreie Fahrt, keinen Ärger mit Vampiren und eine gute Nacht. Ich legte auf und atmete erleichtert aus.

„Um was ging es?“, wollte Barbara wissen, die plötzlich neben mir stand.

„Keine Ahnung“, sagte ich. „Um irgendeine Lieferung. Kommst du voran?“

„Geht so“, sagte Barbara.

Neben ihr stand nun auch Martin und wischte sich den Schweiß von der Stirn. „Leider nicht. Der Schmutz sitzt bombenfest.“ Martin legte die Bürste auf den Marmortisch. „So wird das nichts. Wir brauchen was anderes.“

Zusammen gingen wir wieder nach oben und sahen uns den Teppich vor Barbaras Zimmer genauer an. Er war unglaublich dicht und dick. Mehrere Zentimeter hoch.

„Wie wäre es, wenn wir den oben einfach abschneiden?“, schlug ich vor.

„Na klar“, lachte Martin höhnisch los. „Super Idee, Sebastian. Lass uns den Teppich auch noch kaputt machen.“

„Warum nicht?“, stellte sich Barbara auf meine Seite. „So hoch, wie der ist, fällt das doch gar nicht auf, wenn da ein, zwei Zentimeter ab sind.“

„Aber wie sollen wir das machen?“, fragte ich. „Habt ihr einen Rasenmäher? Oder ist das zu laut?“

Martin öffnete nur den Mund und schloss ihn nicht mehr.

„Haben wir“, antwortete Barbara. „Und wir haben sogar noch einen ganz, ganz alten Rasenmäher. Einen ohne Motor. Der wäre nicht zu laut. Ich hole den mal“, rief sie und raste los.

Martin und ich sahen ihr nach. Ich bewundernd, Martin mit blankem Entsetzen.

„Ihr habt sie doch nicht alle!“, stöhnte er. „Das ist doch Wahnsinn!“

„Wieso?“, fragte ich.

„Weil der Teppich dann im Eimer ist.“

„Du bist immer so schrecklich pessimistisch“, versuchte ich Martin zu beruhigen. „Mach dir keine Sorgen, das wird klappen.“

Martin schüttelte den Kopf und stand auf.

„Sorry. Aber da mache ich nicht mit. Macht ihr, was

ihr nicht lassen könnt, aber damit will ich nichts zu tun haben. Ich gehe ins Bett."

Er drehte sich um und verschwand in Barbaras Zimmer. Ich sah ihm nach und unternahm nichts. Manchmal war es einfach besser, wenn der alte Nörgler und Pessimist nicht mit dabei war.

Kaum hatte Martin die Tür hinter sich zugezogen, kurvte Barbara um die Ecke. Den Rasenmäher trug sie mit beiden Händen. Und der war im Grunde nur ein langer Stock mit einem Blechkasten unten dran, der aussah wie eine Brotdose.

„Das ist er!", sagte Barbara stolz und überreichte mir den Rasenmäher. Ich drehte ihn rum. Der Kasten war unten offen und darin steckten mehrere übel verrostete Klingen. Scharf sahen die nicht aus, aber vielleicht täuschte ich mich ja.

„Wenn man den hin und her fährt, drehen sich die Klingen und mähen den Rasen. Beziehungsweise den Teppich", erklärte Barbara.

„1a!", sagte ich und grinste. Ein Spitzengerät war das! Vorsichtig setzte ich den Rasenmäher auf dem Teppich ab und begann, ihn vor mir herzuschieben. Was ganz schön schwierig war. Der Teppich war zäh und auch viel dichter als so ein normaler Rasen. Immer wieder stockte der Mäher, weil die Klingen sich im Teppich

festgefressen hatten. Ich machte eine Pause, um durchzuschnaufen.
Barbara krabbelte auf dem Boden herum und sammelte die verklumpten Stoppeln auf.
„Geht ganz schön was runter“, bemerkte sie und zeigte mir die abgeschnittenen Teppichfetzen.
„Ist aber ziemlich anstrengend“, sagte ich.
„Lass uns das mal zusammen machen“, schlug Barbara vor. Sie stellte sich neben mich und wir begannen, gemeinsam den Teppich zu mähen. Ab und zu berührten sich unsere Finger. Ich zog meine Hand jedes Mal sofort weg. Trotzdem fiel mir auf, dass Barbara total zierliche, weiche Hände hatte. Das irritierte mich, denn Barbara war überhaupt nicht pingelig, wenn es darum ging, einen Hammer in die Hand zu nehmen, Bäume raufzuklettern oder mich aus einer Jauchegrube zu ziehen.
Als wir endlich den ganzen Teppich abgemäht hatten, waren wir total verschwitzt, außer Atem, aber glücklich. Sehr sogar.
„Das hätten wir geschafft“, stöhnte Barbara, und wir klatschten uns ab. High Five.
„Gott sei Dank. Viel länger hätte ich auch nicht gekonnt.“ Ich ließ mich auf den frisch gemähten Teppich plumpsen und rieb mir die schmerzenden Hände.

„Das wird eine super Überraschung für meine Mutter morgen!“, sagte Barbara lächelnd.
„Ja, die wird Augen machen!“, stimmte ich ihr zu und dachte darüber nach, ob Teppichfrisuren nicht eine weltklasse Geschäftsidee sein könnten.

Helden tauchen unter

Am nächsten Morgen konnten wir unsere Arbeit, den Geniestreich, der uns in das Herz von Barbaras Mutter katapultieren sollte, endlich bei Tageslicht bestaunen. Und wir staunten nicht schlecht. Was wir gestern Abend noch für einen 1a-Teppichschnitt wie vom besten Frisör der Stadt gehalten hatten, entpuppte sich bei Tageslicht als kotzhässliches Komplettdesaster. Der Teppich sah schlimmer aus als die Lieblingsstrickjacke meiner Mutter, nachdem ich sie erst aus Versehen eingefärbt, dann Löcher reingebrannt und dann viel zu heiß gewaschen hatte. Selbst eine auf Krawall gebürstete Herde stinkesaurer Schafe hätte den nicht so zurichten können.

Überall im Flur flogen Wollfetzen und Fusseln rum. Schief geschnittene Stellen wechselten sich mit komplett kahlen ab. Und der Schmutz war blöderweise immer noch zu sehen. Sogar besser als vorher. Wir hatten den Dreck mit der neuen Teppichfrisur sauber freigelegt. Der Schmodder aus dem Wald und die Hundekacke-Fahrspuren waren viel zu tief eingezogen, um sie abmähen zu können. Wir waren fassungslos.

„Und nun? Was sollen wir tun? Abhauen und in den Wald ziehen?“, hechelte ich panisch.
Barbara blieb ganz ruhig stehen. Ein schlechtes Zeichen. Schließlich war Barbara hyperaktiv. Also ständig in Bewegung. Nun war sie eine Statue. Zeigte keine Gefühle. In etwa so wie Nachrichtensprecher im Fernsehen. Die bleiben ja auch immer ganz kühl und sachlich, selbst wenn sie die schrecklichsten Nachrichten der Welt vorlesen müssen. Was ich merkwürdig finde. Irgendwie so robotermäßig. Sind Nachrichtensprecher Roboter? Oder ist ihnen nur alles egal? Sind Gefühle im Fernsehen verboten? Und wenn ja, warum?

„Barbara?“ Ich stupste sie an. „Was machen wir jetzt?“
Langsam drehte sie mir den Kopf zu.
„Nach dem Frühstück hauen wir sofort ab und verste-

cken uns im Neben-dem-Baum-Baumhaus. Denn wenn meine Mutter das sieht, dreht sie durch."

„Einverstanden", sagte ich, obwohl ich bezweifelte, dass ein Neben-dem-Baum-Baumhaus ein tolles Versteck war. Außerdem wussten Barbaras Eltern über unser Neben-dem-Baum-Baumhaus Bescheid. Da mir aber auch keine bessere Lösung einfiel, hielt ich einfach die Klappe.

„Wir müssen so lange unsichtbar bleiben, bis sie sich etwas eingekriegt hat", erklärte uns Barbara.

„Und wie lange braucht deine Mutter so im Schnitt, um sich zu beruhigen?", fragte Martin nach.

„Wenn wir Glück haben, so zwei, drei Jahre", antwortete Barbara schlapp. „Also haut beim Frühstück richtig rein. Es kann dauern, bis wir wieder zurückkönnen."

„Wie bitte? Was soll das bedeuten?", fragte Martin, der unglaublich ungern nicht zu Hause und damit in der Nähe eines Kühlschranks und regelmäßiger Mahlzeiten war.

„Ich weiß es nicht", sagte Barbara unwirsch. „Aber auf alle Fälle sollten wir aus dem Haus sein, wenn meine Mutter den zerfetzten Teppich sieht."

„Frühstücken deine Eltern denn nicht mit uns?", fragte Martin.

„Nee. Meine Eltern fahren immer superfrüh in die Firma und essen da was."
Schweigend gingen wir zum Frühstück. Ein Korb voller frischer Brötchen, Butter, Tee und verschiedene hausgemachte Marmeladen standen auf dem Tisch. Käse, kleine Tomaten und Gesichtswurst lagen auf silbernen Platten.
Wir aßen schweigend. Martin und Barbara hatten sich Marmelade auf ihre Brötchenhälften geschmiert. Ich aß eines mit Gesichtswurst. Oder vielmehr versuchte ich, eines mit Gesichtswurst zu essen. Aber ich konnte es nicht, denn das Gesicht auf meiner Kinderwurst sah aus wie der Joker! Der ärgste Feind von Batman! War das ein dunkles Vorzeichen? Gedanken flipperten durch meinen Kopf. Nein! Quatsch!, dachte ich. Das ist nur Zufall. Aber was, wenn doch nicht? Vielleicht war es ein böses Omen?
„Was ist?" Barbara sah mich fragend an.
„Mein Brötchen! Die Gesichtswurst", ächzte ich.
„Was ist damit?" Sie beugte sich über meinen Teller und starrte den mächtigsten der mächtigen Superschurken an, der jetzt auf meinem Brötchen lag und fettig glänzte. Und sie kapierte mal wieder nichts. Typisch Marmeladenesser.
„Ist schon gut. Ich habe mich getäuscht", sagte ich,

weil ich Barbara nicht noch mehr in Panik versetzen wollte. Niemand will morgens dem größten Schurken des Universums begegnen. Um so was wegzustecken, brauchte man knallharte Nerven so wie ich. Daher fraß ich den geschminkten Mistkerl auf, bevor er meine Kollegen in Angst und Schrecken versetzen konnte.

Kaum hatte Barbara den letzten Bissen ihres Brötchens verschlungen, drängte sie zum Aufbruch. Aber Martin bestand darauf, noch Stullen und Brötchen als Vorrat für uns alle zu schmieren. Schließlich konnte es passieren, dass wir ein paar Jahre im Neben-dem-Baum-Baumhaus ausharren mussten, bis sich Barbaras Eltern wieder eingekriegt hatten.

Als Martin fertig war, schlichen wir durchs Haus und schlenderten dann wie brave Kinder über den Hof. Barbaras Vater war aus der Firma zurück und redete aufgeregt auf einen Lkw-Fahrer ein. Die beiden standen vor einem Riesenberg Katzenstreu, den der Lkw-Fahrer, warum auch immer, in die Ausfahrt gekippt hatte.

„Nein! Nein! Nein! Nein! Noch einmal: Ich bin Herr Schwemme. Und ich wüsste doch wohl, wenn ich gestern Abend mit Ihnen telefoniert hätte!“, schrie Barbaras Vater den kreidebleichen Fahrer an. Es war höchste Zeit zu verschwinden.

„Und nun?“, fragte Martin, als wir an unserem Baumhaus angekommen waren. „Was machen wir jetzt?“
„Den Förster suchen und ihm vom Spinnenmann erzählen“, sagte Barbara ernst. Sie sah entschlossen aus, wenigstens eine Sache hinzukriegen: den Spinnenmann auszuschalten.
Gemeinsam gingen wir in den Wald. Keiner sagte ein Wort. Ich glaube, wir ahnten alle, dass wir gerade unser letztes gemeinsames Abenteuer erlebten. Der Teppich und seine neue Frisur hatten unser Schicksal ein für alle Mal besiegelt. Das Ende der Unglaublichen Dreieinhalb stand unmittelbar bevor. Es war ein besonderer Moment. Einer, den wir nicht genießen konnten, weil er uns einfach tieftraurig machte.
Obwohl wir Dreieinhalb zusammen durch den Wald

stapften, fühlte ich mich einsam. Und ich glaube, den anderen ging es genauso. Selbst Martin verzichtete darauf, über die Natur um uns herum zu schimpfen und Krankheiten und Verletzungen herbeizureden. Die Situation hatte etwas Gespenstisches. Eine Ära hatte ihr jähes, total gemeines Ende gefunden.
Wie ein Roboter lief ich immer weiter. Mir ging alles auf die Nerven. Sogar das schöne Wetter konnte mich mal kreuzweise. Blöder Sonnenschein. Und konnten die fröhlichen Vögel mal mit ihrem elenden Gezwitscher aufhören? Heute war nicht der Tag für gute Laune und einen strahlend blauen Himmel. Konnte es nicht regnen, wie es sich gehörte? Wütend schoss ich volles Rohr einen Ast durch die Gegend.
„Autsch! Verdammt, was zum Teufel …"
Vor uns stand der Förster und rieb sich den Kopf, wo ich ihn mit dem Ast erwischt hatte. Fluchend hob er den Ast auf und sah nach oben, ob dort vielleicht noch mehr Geschosse lauerten. Ich war heilfroh, dass er dachte, der Ast wäre vom Baum gefallen. Es dauerte einen Moment, bis er uns bemerkte.
„Was macht ihr denn schon wieder hier?"
„Es gibt einen Spinnenmann im Wald", antwortete Barbara, als Martin und ich zu ihr aufgeschlossen hatten. „Wir dachten, dass Sie das wissen sollten."

„Einen Spinnenmann?“ Der Förster strich sich gedankenverloren über seinen mächtigen Schnauzbart.
„Ja. Der hängt im Wald Netze auf und trägt auch eins mit Blättern dran. Er lebt in einem Bunker und er ist ein Superschurke“, sagte ich.
„In einem Bunker?“, fragte der Förster. „Es gibt hier einen Bunker?“
„Ja“, sagte ich knapp.
„Wir haben den Spinnenmann verfolgt!“, rief Martin stolz, obwohl er gar nicht dabei gewesen war.
Der Förster griff in seine Jackentasche und holte eine Landkarte raus.
„Könnt ihr mir zeigen, wo der Bunker ist?“, fragte er, blätterte die Karte auf und legte sie auf den Boden.
Ich konnte auf der Karte gar nichts zeigen. Für mich sah die Karte aus wie Omas Strickmuster für hässliche, kratzige Weihnachtsgeschenke.
„Nee“, sagte ich also.
„Wir sind hier.“ Der Förster patschte mit seinem dicken Zeigefinger auf einen Punkt auf der Landkarte, den ich für den Rollkragen des Weihnachtspullovers gehalten hatte.
Barbara ging in die Hocke und studierte die Karte.
„Etwa hier“, sagte Barbara und zeigte auf einen kleinen Punkt, der umgeben war von ganz vielen Kreisen.

Der Förster nahm einen Stift und umkringelte die Lage des Bunkers. Dann faltete er seine Karte zusammen und steckte sie weg.
„Vielen Dank. Ihr habt mir sehr geholfen", sagte er.
„Gern geschehen", sagte ich.
„Aber ich will euch nicht noch einmal im Wald sehen. Habt ihr mich verstanden?"
„Ja", sagten Martin und ich gleichzeitig. Martin, weil er sowieso keine Lust dazu hatte, sich im Wald in Lebensgefahr zu begeben, und ich, weil ich mich für die nächsten zwei bis drei Jahre mit Gesichtswurst und Brötchen in einem Baumhaus verschanzen musste. Barbara nickte.

Der Förster tippte sich zum Abschied an seinen ulkigen grünen Hut, drehte sich um und verschwand. Wir sahen ihm so lange hinterher, bis der Wald ihn verschluckt hatte. Dann liefen wir zu unserem Baumhaus. Und kaum waren wir da, kam uns auch schon Barbaras Vater entgegen.
„Mitkommen. Sofort“, sagte er bloß, drehte sich um und wir trotteten ihm hinterher. Das war es wohl mit dem Leben im Neben-dem-Baum-Baumhaus. Wir hätten das Ding versetzen müssen. Irgendwohin, wo es Barbaras Eltern nicht hätten finden können.
Wir liefen über die Wiese und vorbei an dem riesigen Haufen Katzenstreu, der gerade vom schwitzenden Lkw-Fahrer wieder in den Lkw geschaufelt wurde.
Als wir im Haus waren, zog ich meine Schuhe aus.
„Was machst du da?“, fragte Barbaras Vater.
„Ich hab schmutzige Schuhe und möchte den Teppich nicht versauen.“
„Zu spät. Meinst du nicht?“, sagte Barbaras Vater und schob mich vor sich her ins Esszimmer. Dort saß bereits Frau Schwemme kerzengerade am Tisch. Sie sah blass aus. Irgendwie übernächtigt. So als hätte sie die ganze Nacht gefeiert, den Mond angeheult oder gespukt.
„Setzt euch“, befahl uns Barbaras Vater. Und wir setz-

ten uns. Dann folgte die Standpauke. Ich hatte mir längst abgewöhnt, bei Standpauken genauer hinzuhören. Warum auch? In der Regel war ja schon vorher klar, worum es ging und was die Eltern oder Lehrer oder die Feuerwehr von meinen Aktionen hielten. Ich hörte weg. Nahm nur einige Fetzen der Wutrede wahr, die auf uns niederprasselte. Internat. Wahnsinn. Teppich. Horde Idioten. Und so weiter und so fort. Warum müssen Erwachsene einem immer weiter ins Gewissen brüllen, obwohl man eh schon ein schlechtes hat? Das ist doch doppelt gemoppelt. Pure Zeit- und Nervenverschwendung.

Interessant werden Standpauken erst wieder zum Ende hin. Wenn das völlig überzogene Strafmaß verkündet wird. Martin darf bleiben, Sebastian muss gehen, lautete das Urteil.

„Wenn du willst, kannst du deine Mutter selber anrufen, damit sie dich abholt. Oder sollen wir das für dich erledigen?", fragte Herr Schwemme.

„Nein, bloß nicht!", antwortete ich schnell.

Wenn Barbaras Mutter meine Mutter anrief, würde das nur noch mehr Ärger geben. Wenn ich sie anrief, konnte ich mir wenigstens einen weniger üblen und peinlichen Grund ausdenken, warum ich nach Hause musste. Weil ich ein Mittel gegen alle Krankheiten der

Welt entwickeln musste zum Beispiel, Heimweh hatte oder Fußpilz. So würde ich wenigstens nicht auch noch zu Hause Ärger kriegen.

„Gut. Dann machen wir das so“, sagte Barbaras Mutter energisch und stand auf. „Gibt es sonst noch etwas, was du uns mitteilen möchtest, bevor du gehst, Sebastian?“, fragte sie und erwartete eine Entschuldigung.

„Ja“, sagte ich. „Ich möchte sagen, dass es mir leidtut, dass ich erst mit Hundekacke an den Rädern über Ihren Teppich gerollert bin, dann mit verschlammten Schuhen drübergelaufen bin und ihn dann gemäht habe.“

Bei meinen Worten sah Barbaras Mutter zur Decke. Eine Angewohnheit, die ich von meiner Mutter kannte. Ich nahm an, dass sie dort irgendwas vermutete. Einen Fleck vielleicht oder Spiderman.

„Und Sie sollten noch etwas wissen“, fuhr ich fort. „Es gibt einen Spinnenmann im Wald. Auch wenn Sie uns das nicht glauben. Wir haben ihn selbst gesehen! Aber sorgen Sie sich nicht. Wir haben dem Förster Bescheid gesagt. Er kümmert sich jetzt um den Schurken.“

Barbaras Mutter schüttelte den Kopf. „Ich verstehe nicht, warum du partout nicht mit dem Lügen aufhören kannst, Sebastian.“

Ich sprang von meinem Stuhl auf. „Aber ich lüge nicht!“, rief ich und sah Hilfe suchend in die Runde.

Barbara nickte. Martin rührte sich nicht. Nur seine Hände zitterten. Er litt still vor sich hin. Martin konnte nicht gut mit Druck umgehen. Und Standpauken machten ihn völlig fertig. Er wollte nur noch raus hier. Und zwar bevor er mit dem Heulen anfing, Nasenbluten bekam oder in Ohnmacht fiel.
„Das stimmt! Wir …“, sagte Barbara.
„Das stimmt sicherlich nicht. Euer Förster war garantiert nur der alte Prallwitz. Dem gehört ein Stück des Waldes“, klugschiss Barbaras Mutter dazwischen.
„Nein. Das war ein Förster! Dr. Leier heißt der“, sagte Barbara.
„Es gibt hier überhaupt keinen Förster mehr. Der Wald ist größtenteils in Privatbesitz und außerdem soll er für eine neue Straße abgeholzt werden.“
Barbara, Martin und ich starrten uns ungläubig an. Wenn das nicht der Förster gewesen war, wer dann? Etwa wirklich dieser Prallwitz? Und wenn ja, warum hatte er behauptet, dass er ein Förster sei? Und warum gab er sich einen falschen Namen? Und wer kam eigentlich auf die völlig beknackte Idee, einen so schönen Wald abzuholzen? Auch noch für eine Straße! Straßen gab es doch genug. Egal wo man hinglotzte, überall sah man Straßen. Nur Wälder sah man bei uns in der Stadt quasi gar nicht.

Ein neuer, ganz schön verwegener Plan für echte Helden

Nachdem ich meiner Mutter kurz Bescheid gesagt hatte, dass sie mich abholen sollte, weil ich an Katzenschnupfen erkrankt war und nun zu Hause mit Limonade und Keksen gepflegt werden musste, hockten wir uns ein letztes Mal in Barbaras Zimmer zusammen. Ich packte meinen Koffer. Nebenbei diskutierten wir die schockierenden Neuigkeiten wie echte Superhelden: mit Kakao und bei offenem Fenster. Mit Kakao, weil Kakao super schmeckt, und bei offenem Fenster wegen Martins unvermeidlicher Pupserei. Er vertrug keine Milch, wollte das aber überhaupt nicht einsehen. Zusätzlich hatten wir sogar das Plakat von Captain Sauerland eilig und schief an die Wand geklatscht.

„Ihr, die Unglaublichen Dreieinfünftel, seit echte Helden. Gebraucht eure Kräfte waise!“, rief uns unser Superhelden-Maskottchen in falscher Rechtschreibung von der Wand zu.

„Ich hatte mich auch schon gewundert, dass der Förster nichts von dem Bunker wusste! Förster kennen ihren Wald doch normalerweise wie ihre Westentasche“, sagte Martin.

„Was sollen wir jetzt tun?“, fragte Barbara. „Wir müssen doch was tun.“
Ich hielt mit dem Packen inne, weil ich meine Klamotten eh so dämlich in den Koffer reingestopft hatte, dass er bereits pickepackevoll war, die Hälfte meiner Sachen aber noch auf Barbaras Bett lag.
„Was ist, wenn der angebliche Förster der Schurke und der Spinnenmann der Gute ist? Dann hätten wir ihn verraten!“, überlegte ich.
„Wir müssen der Sache auf alle Fälle noch auf den Grund gehen!“, rief Barbara und schlug mit ihrer kleinen Faust energisch auf den Schreibtisch. „Wir müssen einfach rausfinden, wer im Wald der Schurke ist und wer nicht!“

Mir gefiel Barbara richtig gut, wenn sie so wild entschlossen war. Trotzdem nickte ich nur traurig, weil ich ja nicht mithelfen durfte. Ich musste nach Hause.
„Aber wie sollen wir das ohne das Gehirn hinkriegen? Der Wald ist nicht mein natürlicher Lebensraum. Da schwächle ich ganz automatisch“, sagte Martin, der nun fürchtete, für mich in die Bresche springen zu müssen.
Barbara sah mich an und sagte: „Wir brauchen dich, Sebastian. Dringend.“
„Tja. Blöderweise kommt aber gleich meine Mutter und holt mich ab.“
„Können wir die nicht wieder wegschicken?“, schlug Martin vor.
„Und dann?“, fragte ich. „Wo soll ich dann hin?“
„Du könntest dich im Baumhaus verstecken!“, schlug Barbara vor.
„Super Idee! Und wir versorgen dich mit Lebensmitteln“, jubelte Martin.
Ich dachte nach. Meine Mutter wieder wegzuschicken, sollte kein Problem sein. Aber alleine im niedrigsten Baumhaus der Welt zu übernachten, in das sogar Omas mit Krückstock nachts problemlos reinlatschen konnten, fand ich nicht so prickelnd. Wer weiß, wer einen da nachts aufsuchte! Sicher war so ein niedriges Baumhaus ohne Schloss in der Tür ja eher nicht.

Barbara und Martin schienen meine Befürchtungen, nachts im Neben-dem-Baum-Baumhaus Opfer von irgendwelchen Monstern, Superschurken oder Omas mit Krückstock zu werden, zu ahnen.
„Du kannst das. Keine Sorge. Was soll schon passieren?“, fragte mich Barbara lächelnd, und Martin, der sich ja sogar weigerte, bei geöffnetem Fenster zu schlafen, weil er befürchtete, der Mann im Mond könnte ins Zimmer einsteigen und ihn auskitzeln, nickte so heftig, dass die Brille auf seiner Nase auf und ab hüpfte.
„Okay! Ich mach es!“, sagte ich.
Martin jubelte, als wäre er soeben dem Tod von der

Schippe gesprungen. Barbara umarmte mich. Was sie so noch nie getan hatte. Ihre Haare kitzelten an meinem Hals. Barbara roch ganz toll. Irgendwie nach Blumen. Nach ein paar Sekunden huschten wir blitzschnell wieder auseinander. Wir lächelten uns schief an und Barbara klopfte mir mit Schmackes auf den Oberarm.
„Super. Du bist ein echter Kumpel!“, sagte sie. Ich rieb mir meinen schmerzenden Arm.
„Stark, Sebastian! Ganz stark!“, sagte Martin anerkennend.
„Dann wollen wir mal meine Mutter verarschen“, sagte ich.
„Aber zuerst sind meine Eltern dran.“ Barbaras Augen funkelten, als sie meine restlichen Klamotten in den Koffer quetschte, ihn zuschlug, sich draufsetzte und den Reißverschluss und die Schnappschlösser schloss.
„Dann wollen wir mal“, sagte sie noch und verließ, den Koffer hinter sich herziehend, das Zimmer. Ich setzte meinen Notfallrucksack für Superhelden auf und folgte ihr mit Martin.
Unten im Flur warteten bereits Barbaras Eltern auf uns. Die Verabschiedung fiel kurz und kühl aus. Wir schüttelten uns die Hände, sagten aber nichts weiter. Dann trottete ich mit Martin hinter Barbara her, die Auffahrt hoch zur Straße.

Oben angelangt, winkte ich noch mal ihren Eltern zu, aber die winkten nicht zurück, sondern verschwanden grußlos im Haus.
Als ich mir sicher war, dass Barbaras Eltern uns nicht mehr sehen konnten, versteckte ich den Koffer und meinen Rucksack im Gebüsch. Meine Mutter würde stutzig werden, wenn ich Gepäck dabeihatte, aber trotzdem bleiben wollte. Sie würde dann bestimmt ein Wort mit Barbaras Mutter wechseln wollen. Und das mussten wir verhindern.
Es dauerte nur ein paar Minuten, da kam Mutter schon angebraust. Sie hielt direkt neben mir, stieg aber nicht aus, sondern öffnete einfach nur die Tür, damit ich ins Auto steigen konnte.
Ich rührte mich nicht vom Fleck. „Ich bleib doch noch! Es war nur Missverständnis. Ich habe gar keinen Katzenschnupfen."
„Dass du keinen Katzenschnupfen hast, ist mir klar. Den bekommen nämlich nur Katzen. Was hast du angestellt?"
„Natürlich nichts!" Ich war empört. Wieso glaubte meine Mutter eigentlich immer, dass ich ständig was anstellen würde! „Überhaupt gar nichts!", legte ich noch mal nach. „Ich musste gestern nur ständig niesen. Jetzt geht es mir aber wieder gut."

Mutter blieb immer noch sitzen. Sie musterte mich durch die geöffnete Tür.
„Also ist alles in Ordnung?“, fragte sie dann und sah zu Barbara und Martin.
„Alles in Ordnung!“, sagte Barbara und reckte den Daumen in die Luft. Martin nickte heftig.
„Na denn, das sind doch mal großartige Nachrichten!“, freute sich meine Mutter, knallte die Tür wieder zu und brauste mit quietschenden Reifen davon. Auf der Straße hinterließ sie Spuren, die fast so aussahen wie Hundekacke-Fahrspuren auf einem dicken Teppich.
„Deine Mutter schien froh zu sein, dass sie dich nicht mitnehmen muss“, stellte Martin fest.
„Ach, sie wollte nur nicht, dass wir sie weinen sehen“, erklärte ich Mutters fluchtartige Abfahrt. Während meine Mutter bestimmt mit tränennassen Augen die gewundene Straße runterkurvte, hörten wir ihr Autoradio irgendwelche Schlagerhits schmettern. Und für einen kleinen Moment meinte ich sogar, sie wieder lautstark mitsingen zu hören. Meine Mutter hatte wirklich eine seltsame Art, ihre Trauer zu bewältigen.
„Los, wir müssen uns zum Baumhaus schleichen, bevor meine Eltern was merken!“, rief Barbara.

Monsterspinnen, Monsterameisen und Monstermarienkäfer

„Tadaa! Dein neues Zuhause!“ Barbara hielt die Tür des Neben-dem-Baum-Baumhauses auf und ich rollerte mit meinem Rollkoffer an ihr vorbei hinein. Kaum war ich drinnen, musste ich schon abbremsen, um nicht gegen die Wand zu laufen. So ein Baumhaus ist ja nie sonderlich geräumig. Aber wenn man weiß, dass man sich darin alleine die Nächte um die Ohren schlagen muss, kommt es einem ganz besonders winzig vor. Winzig, ungemütlich und trostlos. Wieso musste ausgerechnet ich nun in einem klitzekleinen Bretterverschlag hausen?

„Spitze hier, oder?“, fragte Barbara aufgeregt.

„Hm“, sagte ich nur, setzte den Rucksack ab und stellte meinen Rollkoffer in die Ecke. Womit der Raum schon gut gefüllt war.

„Gut, es ist ein wenig eng. Aber das macht ja nix. Du sollst ja nur drin schlafen.“ Barbara schien wirklich zufrieden zu sein. Was ja kein Wunder war. Die durfte ja weiter in ihrem kuscheligen Bett wühlen.

„Hm“, sagte ich.

Barbara fummelte einen kleinen Block und einen Stift

aus dem Werkzeugkasten. „Am besten, wir besorgen dir noch eine Luftmatratze und eine Decke. Nachts wird es ja schon noch etwas kühl."

„Hm", hmte ich wieder.

Barbara machte sich Notizen. „Was brauchen wir noch?"

„Kopfkissen. Was zu essen und zu trinken", schlug Martin vor.

„Was zu essen haben wir doch noch von heute Vormittag", sagte Barbara.

„Nee. Nicht mehr", sagte Martin und bekam einen roten Kopf.

„Okay. Kopfkissen. Essen und Trinken. Notiert! Sonst noch was?", fragte Barbara.

„Eine Taschenlampe", sagte Martin.

„Hab ich dabei", sagte ich und klopfte auf meinen Rucksack.

„Brauchst du sonst noch was?", fragte mich Barbara.

Ich schüttelte den Kopf und dachte: Wie wäre es, wenn ihr mir ein Haus hier reinbaut? Oder ein echtes Baumhaus mitbringt, das oben im Baum hängt, wie es sich gehört?

„Nee. Geht schon so." Ich hatte ein ganz flaues Gefühl, wenn ich an die Nacht im Neben-dem-Baum-Baumhaus dachte, und wechselte das Thema. „Lasst uns jetzt mal lieber überlegen, was wir wegen des Spin-

nenmanns unternehmen! Und dem Förster, der vielleicht keiner ist."
Barbara musste nicht überlegen. „Wir gehen noch mal zum Bunker. Das ist doch glasklar."
„Und was sollen wir da?", fragte Martin.
„Nachschauen, ob der Spinnenmann noch da ist", erwiderte Barbara energisch. „Und herausfinden, wer im Wald der wahre Schurke ist. Auf geht's, Jungs. Werfen wir uns in die Kostüme!"

Action-Bärbel hatte einen tollen Orientierungssinn. Und das, obwohl sie eigentlich immer hibbelig und unkonzentriert war. Zielstrebig bahnte sie sich einen Weg durchs Unterholz und wir tippelten hinter ihr her, als wären wir Küken und sie die Entenmutter.
Nachdem wir vielleicht eine halbe Stunde gelaufen waren, blieb Action-Bärbel stehen und hob den Arm. Wir gingen in Deckung. Vor uns in einer kleinen Senke lag der Bunker. Alles sah so aus wie gestern.
Wir blieben ein paar Minuten in unserem Versteck und beobachteten den Eingang. Nichts geschah. War der Spinnenmann ausgeflogen? Hatte ihn der falsche Förster verjagt? Action-Bärbel gab das Signal und wir schlichen uns näher ran. Ich rutschte ein Stückchen auf meinem Hintern den kleinen Abhang hinunter. Das Chamäleon

versuchte das auch, aber anstatt elegant auf dem Po zu rutschen, geriet er ins Trudeln und kugelte Purzelbäume schlagend und mit viel Geschrei bis zum Eingang des Bunkers. Wir alle starrten die Tür an. Nichts tat sich.
Action-Bärbel war zuerst beim Chamäleon, das immer noch auf dem Hintern saß und kreidebleich war.
„Hast du dir wehgetan?“, fragte Action-Bärbel.
Das Chamäleon schüttelte nur den Kopf.
Ich schlich mich an den beiden vorbei und legte mein Ohr an die Stahltür. Nichts war zu hören. Langsam drückte ich die tonnenschwere Klinke herunter und wuchtete mit einem Schwung die Tür auf. Dann linste ich durch einen schmalen Spalt ins Innere. Ein kühler Luftzug strich über mein Gesicht. Ich steckte den Kopf hinein. Meine Augen benötigten einen kurzen Moment, um sich an die Dunkelheit zu gewöhnen.
„Hallo?“, rief ich in die Finsternis.
Keine Antwort. Ich öffnete die Tür ganz.
„Ist jemand da?“
Ein fauler, modriger Gestank wehte uns entgegen, der fast so eklig war wie der Mundgeruch unseres Physiklehrers und Erzfeindes Dr. Knarz. Ich hielt mir die Nase zu und ging rein. Im Bunker herrschte das totale Chaos. Zettel, Notizblöcke, Ordner, Mappen, T-Shirts und

Pullover, Tassen und Töpfe lagen verstreut auf dem Boden herum. Das Regal war umgefallen und der Schreibtisch lag umgestürzt mitten im Raum. Hier hatte entweder ein Kampf stattgefunden, oder jemand hatte versucht, mein Kinderzimmer nachzubauen. Das sah in der Regel ähnlich aus.

„Was ist denn hier passiert?“, fragte Action-Bärbel.
„Ich glaube, die haben gekämpft“, sagte ich.
„Was für ein Durcheinander“, sagte Action-Bärbel und stieg vorsichtig über Klamotten und Papierfetzen. Sie ging in die Hocke, nahm sich einen der Notizblöcke und blätterte darin herum.
„Scheinbar interessiert sich der Typ wirklich brennend für Insekten.“

„Um daraus echte Monster zu züchten!“, rief ich laut, denn die Indizien waren erdrückend: Hier hauste eindeutig ein verrückter Wissenschaftler einsam in einem verlassenen Bunker, der Insekten zu Riesenviechern mutieren ließ und mit den ganzen Monsterspinnen, Monsterameisen und Monstermarienkäfern die Weltherrschaft an sich reißen wollte. Das war doch glasklar! Da konnte es keine zwei Meinungen geben.

„Schau mal.“ Action-Bärbel hielt mir einen Block unter die Nase. So in etwa wie meine Deutschlehrerin mir immer meine verhunzten Aufsätze präsentierte. Nur sagte Action-Bärbel nicht: „Thema verfehlt, Sebastian. Schon wieder!“

Ich blätterte den Block durch. Auf den rechten Seiten waren Tabellen. In der ersten Spalte stand immer ein

Datum. Offensichtlich hatte der Spinnenmann erst gestern noch etwas in dieses Heft notiert. Dann kam eine Spalte mit zwei furchtbar langen Zahlen: 50.949438, 6.922417.

Und auf das jeweils linke Blatt der Doppelseite hatte der Spinnenmann mit Bleistift Eulen gezeichnet. Jede Menge, und zwar auf wirklich jeder Doppelseite. Eulen im Baum. Eulen beim Fressen einer Maus. Zwei Eulen. Zwei Eulen plus eine kleine Eule und so weiter. Die Zeichnungen waren echt gut.

Barbara blätterte weitere Hefte durch. „Der hat wohl auch Vögel beobachtet.“

„Eulen“, sagte ich und dachte darüber nach, ob man auch Eulen zu Monstern machen konnte. Ich kam zu dem Schluss: klar. Dauerte nur länger. Und wahrscheinlich musste man, wenn man sich denn eine Monstereule züchten wollte, gleich auch Monstermäuse züchten. Als Futter. Nach ein paar Minuten hatten wir genug gesehen.

„Und jetzt? Was machen wir jetzt?“, fragte Barbara.

Ich steckte den Block ein.

„Keine Ahnung. Sollen wir erst mal zurück zum Baumhaus?“

„Das ist wahrscheinlich das Beste“, antwortete Barbara. Wir verließen den Bunker wieder.

Wir zogen uns nacheinander im Baumhaus um. Unsere Superheldenoutfits sahen zwar supercool aus, waren aber im Hochsommer eindeutig zu warm. Gerade meine knallenge Plastikhose war bei Temperaturen über 15 Grad die reinste Folter. Mir liefen Sturzbäche von Schweiß in die Schuhe. Ich war heilfroh, als ich das Ding ausgezogen hatte und endlich in Shorts rumlaufen durfte. Im Baumhaus setzten wir uns in einem Kreis zusammen. Martin studierte den Block mit den Eulenzeichnungen.

„Hast du eine Ahnung, was die Tabellen bedeuten?“, fragte ich Martin, den Naturwissenschaftler.

„Ich nehme an, dass er dort seine Beobachtungen eingetragen hat“, sagte Martin.

„Was für Beobachtungen?“, fragte ich nach.

„Na, Eulen sicherlich. An welchem Tag um wie viel Uhr er wo welche Eule gesehen hat und so“, erklärte er.

„Weißt du auch, was das für Zahlen sind?“, fragte ich ihn und zeigte auf die langen Zahlenkolonnen.

„Hm“, sagte Martin. „Das könnten Längen- und Breitengrade sein.“

„Ach so. Klar“, sagte ich und war so schlau wie vorher.

„Damit kann man einen geografischen Punkt ganz genau bestimmen“, behauptete Martin.

„Logisch. Ich weiß“, log ich.

„Wenn wir die Daten im Internet auf Maps eingeben, zeigt uns die Karte, wo genau er die Beobachtungen gemacht hat."
Langsam fiel bei mir der Groschen. „Ah, okay. Statt zu schreiben ‚dritte Birke links' hat er die Zahlen da aufgeschrieben."
„Richtig", schlaumeierte Martin zufrieden. Martin liebte es, uns Sachen zu erklären und mit seinem Wissen ein bisschen anzugeben. Was aber okay war, wenn man so viel wusste wie er.
„Dann könnten wir also mit den Zahlen da die Stellen finden, wo sich der Spinnenmann auf die Lauer gelegt hat?", fragte ich weiter.
„Kein Problem", sagte Martin, der seine Worte sofort bereute. „Aber was soll uns das bringen?", ruderte er zurück.
„Keine Ahnung", sagte Barbara. „Trotzdem sollten wir da mal nachsehen, oder?"
„Logisch", sagte ich.
„Auf keinen Fall", sagte Martin, und wir stimmten ab. Barbara und ich stimmten dafür, noch mal in den Wald zu gehen, Martin und Dieter waren dagegen. Alles war wie immer. Wenigstens in diesem Augenblick.
Und damit war es beschlossene Sache: Wir würden nachmittags dem Wald noch mal einen Besuch abstatten.

Schranken und Schwerter

Zum Mittag gab es leckere Nudeln mit Tomatensoße für Barbara und Martin und trockenes Brot mit gammeligem Stinkekäse für mich. Angeblich, weil sonst nichts unauffällig aus dem Haus zu schmuggeln gewesen war. Während ich mir also die Nase zuhielt und mein Brot hinunterschlang, weil mir der Magen in den Kniekehlen hing, besprachen wir unsere nächsten Schritte. Martin schlug vor, mit Dieter im Baumhaus zu bleiben und sich die Aufzeichnungen des Spinnenmanns noch einmal vorzunehmen. Barbara und ich waren einverstanden. Im Wald waren Martin und Dieter sowieso alles andere als eine Hilfe.

„Wer weiß, ob die Lösung des Rätsels nicht irgendwo hier drinsteht?“, orakelte Martin und patschte mit seinen dicken Fingern auf den Umschlag. Dann blätterte er mühevoll eine riesige Wanderkarte auf. Als sie endlich ausgebreitet vor uns lag, zeigte er auf einen Punkt, sagte: „Da!“, und sah uns stolz an. Barbara und ich starrten den Punkt an.

„Was, da?“, fragte ich.

„Da war der Spinnenmann am häufigsten.“

„Sicher?", fragte ich nach. Ich hatte keine Lust dazu, mich ohne Aussicht auf Erfolg in Gefahr zu begeben.
„Ganz sicher. Ich hab die Daten in Barbaras Computer eingegeben und dann in die Karte eingetragen", erklärte Martin.
„Dann sollten wir uns jetzt schnell umziehen und auf den Weg machen", sagte Barbara. Ich stimmte ihr zu und begann damit, die riesige Karte zusammenzufalten. Was ganz und gar nicht so einfach war.

„Lass gut sein, Sebastian. Ich hab euch den Weg noch mal aufgemalt", sagte Martin. Dann überreichte er Barbara einen winzigen, handlichen Zettel, auf den er anscheinend den Weg vom Baumhaus bis zu der Stelle im Wald nachgezeichnet hatte, mit allen wichtigen Punkten, an denen wir uns orientieren konnten.

„Martin, du bist ein Genie!“, rief Barbara glücklich.
„Lass mal sehen“, sagte ich, aber Barbara hatte den Zettel bereits eingesteckt.
„Danke, Martin!“, sagte ich. So ein kleiner Zettel ist ja immer praktischer als riesige Karten. Die sind ja eher dämlich und gefährlich! Denn was nutzt es einem, wenn man nur die Wahl hat, sich ohne Karte für immer zu verlaufen, oder beim Versuch, das blöde Ding wieder zusammenzufalten, komplett wütend und wahnsinnig zu werden? Woraufhin man sich dann natürlich auch verläuft. Weil man ja wahnsinnig im Kopf geworden ist. Ich wette, so sind die ersten Werwölfe entstanden. Von wegen Mond! Die Wanderkarten waren schuld! Wahrscheinlich wanderten normale Menschen

fröhlich durch den Wald. Es wurde dunkel. Sie packten die Karte aus, schauten nach dem rechten Weg und drehten dann beim Zusammenfalten durch und wurden vor Wut zu Wölfen!

Nach einem fast einstündigen Marsch durch sumpfiges Gelände erreichten Action-Bärbel und ich mithilfe von Martins Zeichnung die Stelle, die er auch auf der Wanderkarte markiert hatte. Und wir entdeckten – nichts. Rein gar nichts. Bis auf ein paar Bäume, ein bisschen Farn und jede Menge Matsch. Ich suchte mir einen Stein, setzte mich drauf und landete geradewegs auf dem Waldboden. Der Stein unter mir war zusammengebrochen.

„Aua." Ich rappelte mich hoch. Der Stein, auf den ich

mich gesetzt hatte, war gar nicht aus Stein. Der Stein war aus Kunststoff und innen hohl. Ich war verdutzt. Gab es Plastiksteine? Möglich. Immerhin gab es ja auch Kuchen aus Marmor.

Ich ging in die Knie und sah mir die Reste des komischen Steins genauer an. Drei große Plastikstücke waren an der Seite herausgebrochen. Ich spähte durch das Loch und entdeckte eine große Kamera.

„Sieh mal!“, rief ich Action-Bärbel zu mir. Die rückte ihre Maske zurecht und begutachtete die Kamera genauer.

Ich schob den kaputten Stein beiseite. Darunter befanden sich auch ein Stativ, ein Kabel und ein Blitzlicht. Ich folgte dem Kabel. Es führte zu einem kleinen Kasten, etwa so groß wie ein Kartenspiel, mit einer roten Linse drauf.

„Was ist denn das?“ Action-Bärbel legte die Kamera beiseite und sah sich den kleinen Kasten an. „Das sieht aus wie eine Lichtschranke.“

„Was ist eine Lichtschranke?“, wollte ich wissen. Ich kannte Schranken bislang nur von Bahnübergängen, Parkhäusern und Pommesbuden. Meine Tante Hella bestellte sich oft eine Pommes-Schranke. Und das war immer ein riesiger Berg von Fritten, die in einem Meer aus Ketchup und Majonäse nach Luft schnappten.

Aber eine Lichtschranke war mir noch nicht untergekommen.
Action-Bärbel antwortete nicht, sondern guckte hoch in den Baum, unter dem das Kästchen lag. Dann drückte sie mir Martins Zeichnung in die Hand, griff nach dem nächstbesten großen Ast und schwang sich hinauf. Nach wenigen Sekunden saß sie in drei, vier Metern Höhe und streckte mir einen zweiten kleinen Kasten entgegen.
„Hier ist das Gegenstück", rief sie.
„Ja und?", fragte ich nach.
„Ich wette, dass die Lichtschranke den Fotoapparat auslöst, sobald ein Tier oder so in den Lichtstrahl hineinläuft oder -fliegt." Action-Bärbel stellte den Kasten vorsichtig zurück und kletterte wieder den Baum runter.
„Ist das so was wie eine Fernbedienung?", fragte ich.
„Ja. Das ist ein Laser. Und wenn der Laserstrahl unterbrochen wird, weil zum Beispiel wir im Weg stehen ..."
Action-Bärbel hopste zwischen die beiden Kästen und die Kamera schoss blitzend ein Bild. „Dann schießt die Kamera ein Foto."
„Laser? Wie cool ist das denn?", staunte ich und sah die kleinen unscheinbaren Kästchen auf einmal mit ganz anderen Augen. Was für Möglichkeiten!, dachte ich. Diese Laser-Kästchen musste ich haben!

„Stell den Kasten wieder zurück!" Action-Bärbel sah mich streng an. „Der gehört uns nicht."
„Aber der Spinnenmann ist doch verschwunden."
„Woher willst du das so genau wissen? Vielleicht kommt er ja wieder zurück?"
Murrend wickelte ich den Laser aus meinem Umhang und legte ihn zurück auf den Boden. Ich nahm mir fest vor, in den nächsten Tagen noch mal vorbeizukommen und nachzusehen, ob der Spinnenmann zurückgekehrt war. Wenn nicht, würde ich mir die Laser schnappen und ein neues Kapitel in der Geschichte des Superhelden „Das Gehirn" aufschlagen. Die Geburt des neuen, besseren Gehirns stand unmittelbar bevor: „Das Laser-Gehirn" würde der stärkste, mächtigste Superheld in der Geschichte Buckelbügels werden.
„Ihr schon wieder!", donnerte da plötzlich eine Stimme. Der falsche Förster stand auf einmal neben

uns. Er wischte sich mit einem großen Taschentuch das verschwitzte Gesicht ab. Ich fragte mich, wie er es hinbekam, uns ständig zu erschrecken. Schließlich war er ganz schön dick. Wie konnte er sich nur so lautlos bewegen?

„Langsam verliere ich die Geduld mit euch!", schnauzte er uns an. Ich wich zurück und postierte mich direkt hinter Action-Bärbel. Selbstverständlich nur, um ihr den Rücken freizuhalten.

„Was macht ihr hier und warum tragt ihr so blöde Klamotten?"

Das musst du gerade sagen!, dachte ich bei mir. Verkleidest dich als Förster und bist gar keiner!

Action-Bärbel machte einen Schritt nach rechts und setzte sich vorsichtig auf den kaputten, falschen Stein. Die Kamera verschwand unter ihrem Umhang.

„Wir spielen nur", sagte Action-Bärbel, klaubte einen Stock vom Boden und zog damit Muster im Matsch.

„Aha." Mit seinen kleinen stechenden Augen belauerte der falsche Förster Action-Bärbel. Er wartete auf ein verräterisches Zeichen, dass sie gelogen hatte. Aber Action-Bärbel blieb cool wie ein tiefgefrorenes Fischstäbchen. Sie lächelte ihn an und klimperte mit den Wimpern.

Der Förster wandte seinen Blick von ihr ab und be-

gann, die Umgebung abzusuchen. In der Hand hielt er seine Karte. Und auf der war genau wie auf unserer an dieser Stelle ein Kreuz eingezeichnet. Barbara gab mir unauffällig Martins Zeichnung und ich versteckte sie sicherheitshalber hinter meinem Rücken.
„Haben Sie eigentlich den Bunker gefunden?", fragte Action-Bärbel ganz beiläufig.
Der falsche Förster wurde knallrot. Sein Kopf sah aus wie eine Tomate mit Bart. „Was? Äh ... ja ... natürlich ...", stammelte er.
„Und haben Sie den Spinnenmann gefasst?", fragte Action-Bärbel nach.
„Ja. Äh. Nein, nein. Der Bunker war leer. Keiner da."
Mein Gott, konnte der schlecht lügen! Bei meiner Mutter hätte er null Chancen durchzukommen. Und auch Action-Bärbel löcherte ihn weiter.
„Der Spinnenmann war schon weg?"
„Wenn er überhaupt da war. Wie gesagt, der Bunker war leer."
„Da war nichts drin? Gar nichts?"
„Nein. Gar nichts. Er war komplett leer", log der falsche Förster.
„Aber ..."
„Nichts aber!", unterbrach sie der Schurke gereizt. „Ich will jetzt wissen, was ihr hier zu suchen habt!"

„Wir wollten wirklich nur spielen“, antwortete Action-Bärbel ruhig, während meine Beine langsam aber sicher anfingen zu schlottern. Hätte ich mir nur vorher die Laser geschnappt!
„Ausgerechnet hier?“, fragte er nach.
„Wieso *ausgerechnet* hier? Ist hier etwas Besonderes?“ Action-Bärbel blieb freundlich. Sie lächelte, obwohl ihre Augen listig funkelten.
„Was Besonderes? Hier? Nein.“ Der Förster lachte falsch. Total künstlich und übertrieben. Dann machte er ein paar Schritte auf uns zu. Gott sei Dank hatte er sein Gewehr nicht dabei. „Was versteckst du denn da hinter deinem Rücken?“, fragte er mich und fuchtelte mit der Hand herum.
„Nichts!“, rief ich.
„Zeig doch mal!“ Blitzschnell sprang er in meine Richtung und packte mich am Arm. Ich drehte mich um und stopfte mir hektisch Martins Zeichnung in den Mund. Dann zeigte ich ihm meine leeren Hände.
„Was hast du dir in den Mund gesteckt? Los, mach den Mund auf!“
Er versuchte, meinen Kopf zu fassen, aber ich tauchte seitlich weg und nuschelte: „Mipfst üm Moump!“
Ohne zu kauen, schluckte ich das Papier runter.
„Haha!“, jubelte ich, während mich Action-Bärbel fas-

sungslos anstarrte. Wahrscheinlich weil sie mich bewunderte.
Ohne zu kauen, regelrechte Berge auf einmal herunterzuwürgen, hatte ich übrigens schon ziemlich früh und ziemlich schnell zu Hause lernen müssen. Sonst wäre ich längst verhungert. Denn wenn meine verfressene Verwandtschaft am Wochenende anrückte, hieß es: reinhauen in Rekordzeit oder Hunger schieben bis Montag.

Der falsche Förster sah ratlos aus. Er rieb sich das Kinn und grübelte.
„Ich werde euch im Auge behalten, das schwöre ich! Und wenn ich euch noch mal im Wald erwische, dann passiert was!“, brummte er und verschwand wieder im Unterholz.

Wir blieben noch eine Weile an Ort und Stelle und taten so, als könnten wir kein Wässerchen trüben, bis er außer Hörweite war.
„Nicht schlecht, was?“, sagte ich zu Action-Bärbel.
„Was ist nicht schlecht?“
„Na, wie schnell ich die Karte verputzt habe“, sagte ich stolz.
„Ja. Toll. Kannst du mir jetzt vielleicht auch erklären, wie wir wieder nach Hause finden sollen?“
Gute Frage. Normalerweise hätte mir jetzt mein fotografisches Gedächtnis aus der Patsche geholfen. Aber dafür hätte ich mir Martins Zeichnung mal richtig anschauen müssen. Das hatte ich aber nicht. Ich musste schlucken. Schon wieder.

Dem Schurken auf der Spur

Um uns im Moor nicht total zu verlaufen, beschlossen wir, dem falschen Förster in sicherem Abstand zu folgen. Der musste ja schließlich irgendwann mal nach Hause gehen. Und wo der zu Hause war, gab es bestimmt auch noch andere Häuser. Und in denen wohnten bestimmt nette Leute, die wir nach dem Weg fragen konnten. Eine andere Möglichkeit, sicher aus dem Wald zu kommen, sahen wir nicht. Also schlichen wir so geräuschlos wie möglich dem Schurken hinterher.

„Warum hat er behauptet, dass der Bunker total leer war? Das ergibt doch keinen Sinn", flüsterte Action-Bärbel, nachdem wir hinter einem umgestürzten Baum in Deckung gegangen waren.

„Ich kapier das auch nicht. Er hätte doch einfach behaupten können, dass er den Spinnenmann verjagt hat", antwortete ich.

„Eben. Ich glaube, der lügt."

„Klar lügt der. Der Bunker ist voller Gerümpel. Das haben wir doch selber gesehen."

„Ich weiß", sagte Action-Bärbel nachdenklich. „Aber er hat ja auch behauptet, den Spinnenmann nie gese-

hen zu haben. Das war mit Sicherheit auch gelogen. Und ich frage mich ... Vorsicht!“ Action-Bärbel zog mich runter auf den Boden. Vor uns war der Schurke stehen geblieben und hatte sich blitzschnell umgedreht.
„Hat er uns gesehen?“, fragte ich leise.
„Weiß nicht“, sagte Action-Bärbel.
Ich gab Action-Bärbel ein Zeichen und wir robbten zu einem dicken Baumstumpf mit gigantischen Wurzeln und versteckten uns dahinter. Ein Loch, breit wie Tante Hellas Hintern, klaffte im Holz. Ich lugte kurz hinter dem Baumstumpf hervor. Der Schurke sah sich um. Dann kam er auf uns zu. Langsam zwar, aber so, als wüsste er ganz genau, wo wir sind. Ich zog meinen Kopf wieder ein und duckte mich noch tiefer. Da zerbrach krachend ein Ast unter mir und Action-Bärbel starrte mich böse an. Ich zuckte mit den Schultern. Regungslos lagen wir da und lauschten in den Wald. Vögel flogen krächzend auf. Der Wind wirbelte hier und da trockene Blätter auf. Schritte waren keine zu hören. War der Schurke weg?
Action-Bärbel hob vorsichtig den Kopf und strich sich ihre Haare aus dem Gesicht, um besser über die dicken Wurzeln schauen zu können. Sofort ließ sie sich wieder fallen. Hektisch zeigte sie auf das Loch im Baumstumpf und krabbelte hinein. Ich wollte ihr folgen, doch da

verhedderte sich mein Umhang in den Wurzeln. Ich kam nicht weiter und bekam Panik. Es musste aussehen, als würde der Baum mich gerade verschlucken wollen. Action-Bärbel packte meine Arme und zog mich ins dunkle, modrige Innere des Stamms.

Ich rutschte an Action-Bärbels Seite. Uns stockte der Atem, als der falsche Förster genau vor unserem Versteck stehen blieb. Bloß keine Geräusche machen! Bloß nicht bewegen!, schoss es mir durch den Kopf. Doch dann spürte ich, wie erst eine, dann Hunderte Ameisen meine Hand erklommen, um dann weiter meine Arme hochzukrabbeln. Ich schüttelte den Arm und pustete sie an. Aber das schien den Biestern zu gefallen. Sie blieben stehen und stemmten sich dem Wind entgegen wie Windsurfer auf sechs Beinen.

Gerade als ich losschreien, rumhopsen und mir die Viecher vom Körper wischen wollte, drückte mich

Action-Bärbel mit einer Hand gegen den Stamm und hielt mir mit der anderen den Mund zu. Und dann erschien plötzlich der riesige, kugelrunde Kopf des falschen Försters vor dem Loch. Mit zusammengekniffenen Augen blinzelte er genau in meine Richtung. Er musste mich gesehen haben. Er musste! Ich hielt die Luft an und erwartete, dass er einen Brüller loslassen und mich mit den Beinen voran aus unserem Versteck zerren würde. Aber nichts geschah. Sein rundes Gesicht verschwand so schnell, wie es erschienen war.

Wir warteten noch ein paar Minuten, bevor wir es wagten, wieder aus unserem Versteck zu kriechen. Kaum hatte Action-Bärbel ihre Hand von meinem Gesicht genommen, schoss ich aus dem Loch wie letztens die Cola aus meiner gut durchgeschüttelten Dose im Religionsunterricht. Ich hüpfte schreiend auf und ab und wedelte hektisch die Ameisen von meinen Klamotten. Mein Körper kribbelte überall. Vom Kopf bis zu den Füßen juckte und kitzelte es. Die Ameisen mussten sogar unter meine Klamotten gekrabbelt sein. Womöglich, um sich dort ein Nest zu bauen. Schlagartig wurden mir zwei Dinge klar. Erstens: Ich musste sofort meine Klamotten loswerden. Zweitens: Ich sollte aufhören, ständig heimlich Horrorfilme zu gucken. Die machten einen ja ganz kirre in der Birne.

Ich warf meinen Umhang weg, riss mir mein T-Shirt über den Kopf und blieb darin hängen. Der enge Kragen schnürte mir die Kehle zu. Meine Arme steckten in den Ärmeln fest. Ich reckte sie über den Kopf und bekam sie nicht mehr runter. Kerzengerade kippte ich nach vorne. Der Matsch dämpfte meinen Aufprall, sickerte aber sofort durch mein Shirt. Ekliges, stinkiges Schmutzwasser lief mir in den Mund. Ich spuckte und wälzte mich im Liegen aus dem T-Shirt-Gefängnis. Dann versuchte ich, meine Zunge an den Händen sauber zu wischen, was kolossaler Blödsinn war. Meine Finger waren schwarz!
„Igitt!“
Ich sprang wieder auf die Beine, und während ich meinen coolen Gürtel löste, hopste ich zeitgleich aus meinen Schuhen heraus und schleuderte meine ausgeleierten Socken durch die Gegend.
Action-Bärbel, die nichts von den Ameisen mitbekommen hatte, stand stumm neben mir und starrte mich an, als ob ich nicht alle Tassen im Schrank hätte. Nach nicht mal einer Minute stand ich in Unterhose vor ihr und suchte hektisch meinen Körper ab.
„Sag mal, geht es dir noch gut?“, fragte Action-Bärbel, die so besorgt aussah wie meine Mutter am Zeugnistag.

„Ameisen! Überall!“, ächzte ich. „Ich werde von Ameisen vollgepinkelt!“ Was stimmte. Ameisen bepinkeln einen mit Ameisensäure. Was nicht nur eklig, sondern auch schmerzhaft ist.

Action-Bärbel kam zu mir. „Dreh dich mal um“, sagte sie und wischte mir die letzten fiesen Krabbelviecher vom Rücken runter. Ihre Hand war weich und warm. „Ich glaube, das war es. Kannst dich wieder anziehen.“ Gott sei Dank war ich die Ameisen los und Gott sei Dank hatte ich mir heute Morgen eine frische Unterhose angezogen.

Das Spukhaus

„Wir müssen ihm hinterher!“, rief Action-Bärbel und setzte sich blitzschnell in Bewegung, während ich noch meine Socken und Schuhe einsammelte und mir zumindest meinen Umhang wieder umband. „Beeil dich!“, zischte sie. „Wir dürfen ihn nicht aus den Augen verlieren!“

Mein Shirt und meine Hose ließ ich zurück. In Unterhose und mit flatterndem Umhang hastete ich Action-Bärbel hinterher.

Wir rannten wie die Blöden, sprangen über Wurzeln, umgestürzte Bäume und Pfützen, rasten durchs Gestrüpp, hechelten kleine Anhöhen hoch und rutschten auf dem Hintern kleine Abhänge runter. Äste schlugen mir ins Gesicht und klatschten vor meinen nackten Bauch. Dann endlich hatten wir den falschen Förster eingeholt.

Er öffnete ein kleines Tor und ging schnurstracks hoch zu einem alten, gruseligen Holzhaus, das auf einem Hügel stand. So ein typisches Horrorhaus wie aus dem Horrorhaus-Katalog! Diese Dinger hatte ich schon Hunderte Male in Filmen gesehen. Da zogen immer nette

Familien mit Kindern superglücklich ein, um sich dann das Leben von Gespenstern zur Hölle machen zu lassen. Dabei schrien einen solche Häuser ja förmlich an: „Zieht bloß Leine! Ich bin böse und in mir wohnen böse Geister!“ Aber trotzdem zogen da immer und immer wieder dusselige Familien ein, die das Haus rustikal statt scheußlich fanden, und die sich sogar darüber freuten, so einsam zu wohnen, dass niemand ihre Schreie hörte. Und geschrien wurde in solchen Häusern ja ziemlich häufig. Zum Beispiel, wenn man auf einmal nicht mehr allein in der Wanne saß, sondern mit einem Sumpfmonster, oder wenn man ins Bett stieg und da lag schon ein Gespenst drin, oder wenn der Junge eine Sechs in Mathe geschrieben hatte. Wenn ich es mir recht überlege, wurde in solchen Häusern eigentlich ausschließlich geschrien oder sich im Schrank hockend zugeflüstert. Die Menschen werden einfach nicht schlauer!

Ob es dem angeblichen Förster auch so erging? Kämpfte er auch gegen Gespenster? Vermutlich schon. Das Haus sah total heruntergekommen aus. Die Farbe blätterte von den Wänden, das Dach war grün vor Moos und die Fensterscheiben waren völlig verdreckt oder sogar kaputt. Hier hatte seit Jahren niemand mehr geputzt oder etwas repariert.

Kurz bevor der falsche Förster die Veranda erreichte, bog er rechts ab und verschwand in einer Bruchbude von Holzverschlag, neben der sogar unser Neben-dem-Baum-Baumhaus wie ein Palast ausgesehen hätte, und schleppte zwei verrostete Gartenstühle ins Freie. Die reinigte er grob mit einem alten Lappen und stellte sie auf die Veranda. Stöhnend ließ er sich auf einen Stuhl fallen, legte seine Füße auf den anderen und begann damit, seine dicken Schuhe abzubürsten. Als er fertig war, zündete er sich eine Pfeife an.
Während Action-Bärbel vorsichtig näher schlich, um zu schauen, ob es hier noch weitere Spukhäuser gab, blieb ich in meinem Versteck. Ich wollte keineswegs nur in Unterhose, Maske und Umhang bei irgendwelchen Leuten klingeln und nach dem Weg fragen. Die würden uns dann ja nicht nach Hause, sondern in ein Irrenhaus schicken.

Nach ein paar Minuten war Barbara zurück.
„Das ist das einzige Haus weit und breit“, flüsterte sie mir zu. „Aber von hier aus kenne ich den Weg. Ein Stück weiter runter ist das alte Ausflugslokal. Da war ich früher oft mit meinen Eltern.“
„Immerhin“, sagte ich und wir beide beobachteten den Schurken, wie er genüsslich seine Pfeife paffte.
Auf einmal öffnete sich quietschend die Tür und eine kleine, niedliche Oma kam heraus. Sie trug einen schwarzen Rock und eine Bluse, die so weiß war wie ihre Haare, die sie zu einem Dutt verknotet hatte. Sie war bestimmt schon über hundert Jahre alt. In ihrer rechten Hand hielt sie einen Gehstock. Den brauchte sie auch dringend. So schief, wie sie trotz des Dutts war, wäre sie ohne Stock einfach nach vorne umgekippt.
Der falsche Förster fühlte sich ertappt, nahm blitzschnell die Füße vom Stuhl und legte seine Pfeife beiseite. Hektisch setzte er sich gerade hin. Die beiden unterhielten sich aufgeregt. So als hätte der Schurke eine Mathearbeit versaut und versuchte nun, sich rauszureden. Der Schurke fuchtelte mit den Armen rum und zeigte immer wieder in den Wald, während die Oma ab und zu ihren Krückstock hob. Was sie sagten, konnten wir nur erahnen. Um sie zu verstehen, waren

wir zu weit weg. Aber wir hatten das starke Gefühl, dass wir ein wichtiger Teil des Gesprächs waren.

Nach wenigen Minuten zogen sich die beiden ins Haus zurück. Wir warteten weiter, behielten die Lage im Auge und wussten nicht so recht, was wir tun sollten. Dann sah ich aus den Augenwinkeln, wie sich hinter dem Dachfenster, in dem die Scheibe fehlte, sacht eine vergilbte Gardine bewegte. Erst vermutete ich nur einen Luftzug. Dann tauchte für einen Moment ein Kopf auf. Nur kurz. Flüchtig. Wie eine Erscheinung. Vielleicht war es das Hausgespenst? Aber kamen die nicht immer erst nach Anbruch der Dunkelheit aus ihrem Versteck gekrochen?

Ich kniff die Augen zusammen. Vielleicht hatte ich mich getäuscht. Vielleicht hatten meine Augen mir einen Streich gespielt. War es nur eine Reflexion der Sonnenstrahlen gewesen? Das konnte nicht sein. Das Haus, umgeben von riesigen Bäumen, lag im Schatten. Was hatte ich gesehen? Doch einen Geist? Ich stupste Action-Bärbel an.

„Das Dachfenster!“

Action-Bärbel sah nach oben. Die Gardine bewegte sich immer noch. War das der Wind? Ich rieb mir die Augen.

Wenn man ewig stur etwas anstarrt, spielen einem die

Augen gerne mal einen Streich. Wie in der Schule. Wenn ich da fassungslos in Mathe die Textaufgabe an der Tafel anglotze, wird die auch von Minute zu Minute verwirrender und unlösbarer.
Ich riss meine Augen auf, versuchte, nicht zu blinzeln. Kurz bevor ich aufgeben wollte, tauchte der Kopf erneut auf. Es war der Spinnenmann. Zumindest vermuteten wir das. Schließlich hatten wir das Gesicht des Spinnenmanns noch nie gesehen. Jedenfalls nicht ohne Laubhut und Tarnfarben. Das Gesicht verschwand wieder.
„Der war geknebelt", flüsterte Action-Bärbel und sah mich entsetzt an. „Die halten ihn da oben gefangen."
„Ach du heiliger Bimbam!", rief ich fassungslos. „Warum?"
„Keinen Schimmer. Vielleicht wollen sie ihn der Polizei übergeben."
„Wieso? Meinst du, der Spinnenmann ist doch ein Schurke? Und wenn ja, was hat er getan? Insekten und Eulen zu zeichnen, ist doch nicht verboten. Und Spinnen sammeln und komische Laubhüte tragen auch nicht."
Wir zermarterten uns das Hirn. War der Spinnenmann doch der Böse und der Förster und die Oma waren die Guten? Das konnte nicht sein. Außerdem war es strengstens verboten, Menschen auf dem Dachboden

gefangen zu halten. Und wenn sie ihn tatsächlich der Polizei übergeben wollten, warum hatten sie es dann noch nicht getan? Und warum hatten sie ihn geknebelt? Das war auch verboten! Obwohl meine Mutter sich manchmal sehnlichst wünschen würde, es wäre erlaubt, glaube ich. Vor allem, wenn ich meinen Stubenarrest mit lauten Protestsongs abzukürzen versuchte.

„Und nun?“, fragte Action-Bärbel. „Was sollen wir jetzt tun? Die Polizei rufen?“

Ich dachte angestrengt nach. Die Sache begann wirklich gefährlich zu werden und war spätestens jetzt ein Fall für die Polizei und nicht für die Unglaublichen Dreieinhalb. Aber würde uns die Polizei glauben? Wahrscheinlich nicht. Schon allein deshalb, weil ich für die Buckelbügler Polizei ein rotes Tuch war. Und zwar nur, weil ich sie ein-, zweimal zu oft und völlig umsonst in Alarmstimmung versetzt hatte. Wie vor nicht mal drei Wochen, als ich mir sicher war, dass mein fieser Physiklehrer Dr. Knarz in seinem Büro an einer gigantischen Stinkbombe basteln würde. Die ganze Schule wurde geräumt und mit Spürhunden abgesucht. Nachher stellte sich raus, dass der komische Geruch nicht von einer riesigen Stinkbombe, sondern von seinen Socken verströmt wurde, die er zum Auslüften über die Türklinke gehängt hatte.

„Lass uns mal näher rangehen. Vielleicht können wir den falschen Förster und die Oma belauschen“, schlug Action-Bärbel vor und schlich sich näher ans Horrorhaus heran. Ich folgte ihr. Mit einem eleganten Satz hüpfte Action-Bärbel über den Zaun. Ich versuchte es ihr nachzumachen, nahm Anlauf, kam ins Trudeln, machte eine Vollbremsung, öffnete das Tor und latschte hindurch. Hinter einem Fenster im Erdgeschoss brannte Licht. Action-Bärbel ging direkt unter dem Fenster in die Hocke. Ich krabbelte an ihre Seite. Dumpf drangen die Stimmen nach draußen.

„Wir müssen ihn nur noch zwei Tage festhalten. Dann lassen wir ihn laufen“, sagte die Oma mit einer festen, überraschend jung klingenden Stimme.

„Aber was, wenn er danach zur Polizei geht?“, fragte

der falsche Förster nervös. Seine schweren Schritte ließen den Holzboden ächzen. Er ging auf und ab. Wie ein wildes, nervöses Tier in einem Käfig. Immer hin und her.
„Wer wird ihm schon glauben, dem Spinner?“, fragte die Oma.
„Er hat Beweise. Die Aufzeichnungen …“
„Die müssen wir verschwinden lassen.“
„Gut. Richtig. Verschwinden lassen“, wiederholte der falsche Förster. „Am besten so schnell wie möglich.“
„Du gehst zum Bunker und verbrennst das ganze Zeug noch heute Nacht.“
„Das mache ich. Aber soll ich nicht lieber jetzt sofort los, Mama?“
„Nein!“, fuhr ihn die Oma an. „Oder willst du den schrecklichen Kindern wieder über den Weg laufen?“
„Bloß nicht!“, rief der falsche Förster panisch. „Diese neugierigen Biester sind eine echte Plage.“
„Das sind nun mal Kinder. Und Kinder sind immer schrecklich“, behauptete die Oma.
Ich wurde immer wütender.
„Und hässlich sind die, du glaubst es kaum, Mutter. Die sind so was von merkwürdig angezogen. Wie totale Blödmänner.“
„Frechheit!“, entfuhr es mir, wofür ich böse Blicke von Action-Bärbel und Stille aus dem Haus erntete.

„Klappe!“, zischte mir Action-Bärbel zu. Hatten die beiden mich wirklich gehört? Waren die Wände wirklich so dünn? Die Antwort lautete: Ja. Denn kaum eine Sekunde, nachdem Action-Bärbel und ich beschlossen hatten, einen Blick durchs Fenster ins Haus zu werfen, wurden wir von starken Händen gepackt und an die Wand gedrückt.

Die Keksfalle

„Ihr schon wieder!“, schnaubte der Förster-Schurke. Sein Gesicht war knallrot vor Wut. Spucke lief ihm die Mundwinkel runter. Seine Augen glühten. Er sah aus wie Prinzessin, der böse Wachhund von Action-Bärbel. Nur mit Schnurrbart.

„Loslassen! Lassen Sie mich gefälligst los!“, schrie Action-Bärbel und begann rumzuzappeln. Sie wand sich wie eine Katze. Ich war mir sicher, dass sie sich wie sonst auf dem Schulhof gleich aus den Klauen ihres Angreifers befreien und ihm mächtig zusetzen würde. Aber der Griff des Schurken war zu stark. Er drückte uns einfach noch fester an die Hauswand, bis wir Ruhe gaben.

„Was wollt ihr hier, hä? Seid ihr am Rumspionieren oder was?“, schnauzte uns der Schurke seine Fragen feucht ins Gesicht.
„Sie spucken!“, schrie Action-Bärbel. „Das ist eklig!“
„Lass die Kinderlein los, Horsti!“ Die Oma stand auf der Veranda und sah zu uns rüber. Sie lächelte. Der falsche Förster dachte nach. Er kaute auf seiner dicken Unterlippe rum. Dann ließ uns der Schurke mit Namen Horsti los.
„Wehe, ihr versucht abzuhauen!“, drohte er uns noch, während seine Mutter langsam zu uns rübergetapert kam.
„Die werden schon nicht weglaufen, nicht wahr?“, fragte sie uns, während sie erst Action-Bärbel und dann mich von Kopf bis Fuß musterte, als wären wir Pferde auf einem Pferdemarkt. Es fehlte echt nur noch, dass sie unser Gebiss in Augenschein nahm.
„Nein“, sagte Action-Bärbel. „Warum sollten wir? Wir haben schließlich nichts verbrochen.“ Ihre Stimme klang aufgeregt. Irgendwie kieksig und ängstlich.
„Und was macht ihr hier in unserem Garten? Ihr habt uns doch nicht etwa belauscht, oder?“, fragte die Oma nach.
„Nein. Wir spielen nur Superhelden“, behauptete Action-Bärbel, was mir gar nicht passte. Ich stemmte die Hände in die Hüften, zog den Bauch ein und streckte

meine knatschrote Brust raus, um noch kräftiger zu wirken, bevor ich die Lage klarstellte.
„Wir *spielen* nicht Superhelden. Wir *sind* Superhelden und bekämpfen das Böse!"
Die Oma sah mich eindringlich an. Dann drehte sie sich zu ihrem Sohn um.
„Du musst dir keine Sorgen machen, Horsti", sagte sie. „Der Kleine ist ein Schwachkopf."
Horsti rückte näher an mich ran. Sein Gesicht war jetzt nur wenige Zentimeter von meinem entfernt. Ich konnte seinen Tabakatem riechen. Mir blieb fast die Luft weg. Horsti hatte nicht nur gerade geraucht, sondern definitiv zum Frühstück auch noch ein Kilo Knoblauch verputzt.
„Was habt ihr gehört?", fragte er zischend nach.
„Nichts", krächzte ich. Mehr bekam ich vor Angst nicht raus. Was, wenn die Fieslinge uns ebenfalls einsperrten wie den Spinnenmann? Oder wer weiß zu was für Gemeinheiten die beiden sonst noch imstande waren? Vielleicht unterzogen sie uns einer schrecklichen, schmerzhaften Gehirnwäsche, um uns auf ihre Seite zu ziehen? Oder sie setzten uns mitten im Wald aus. Oder …
„Wir rufen ihre Eltern an", sagte die Oma lächelnd.
„Nein!", schrie ich. „Alles, nur das nicht!"

Das war überhaupt kein guter Plan! Dann lieber im Wald ausgesetzt werden und für ewige Zeiten darin leben. So wie Mogli, Tarzan oder mein Onkel Karl. Der hatte sich mal auf dem Heimweg aus einer Gastwirtschaft so übel verlaufen, dass man ihn erst drei Tage später in einer Höhle hockend wiederfand.

„Die sollen die beiden abholen. Bring sie solange ins Haus", sagte die Oma bloß. Horsti packte uns am Nacken und schob uns vor sich her ins Haus.

„Aua! Nicht so dolle! Ich bin ein Mädchen!", protestierte Action-Bärbel.

„Klappe zu", grummelte der Schurke. Mit einem gezielten Tritt stieß er die Tür auf, schob uns ins Haus und dann weiter in die Küche.

„Hinsetzen!", befahl er, und wir setzten uns an den Küchentisch.

Es gibt Momente für Heldenmut und große Taten, und es gibt Momente, in denen man sich an den Verhandlungstisch setzen muss. Auch wenn der Verhandlungstisch ein schäbiger Campingtisch aus Plastik ist, dessen Hässlichkeit nur von der daraufliegenden rot-weiß karierten Plastikdecke übertroffen wird.

„Ich denke, wir sind doch alles vernünftige Menschen", begann ich.

„Klappe halten!", blaffte mich Horsti an, während er

seiner Mutter die Küchentür aufhielt. Die Oma setzte sich zu uns. Die Hände auf den Gehstock gestützt, sah sie uns lange an.
„Du bist die kleine Schwemme, nicht wahr?“, fragte sie.
Action-Bärbel nickte nur.
„Hach. Wo ist nur meine Höflichkeit geblieben? Horsti, mein Junge, stell unseren Gästen doch ein paar Kekse hin.“
Horsti ging widerwillig zum Küchenschrank, holte eine Schale voller Kekse und knallte sie auf den Tisch. Die Kekse waren größer als meine Hand und braunbeige gescheckt wie Horstis Zähne.
„Bedient euch. Die habe ich selber gebacken“, sagte die Oma.
Das glaubte ich ihr nach einem Blick auf die kotzhässlichen Dinger sofort. Die Frage war nur: Wann hatte sie die klobigen Biester gebacken? Vor neunzig Jahren, als sie noch jung war?
Kekse sind normalerweise ja das Beste, was es gibt. Lecker, knusprig und vor allem essbar. Das hier aber waren steinharte Bodenplatten. Wahrscheinlich aus Marmor gemeißelt. Die konnte man, wenn einem seine Zähne lieb waren, maximal lutschen, aber keinesfalls kauen.

„Schmecken sie?“, fragte die Oma freundlich nach. Wir nickten übertrieben, rieben uns die Bäuche vor gespielter Begeisterung und machten Hm-sind-die-lecker-Geräusche.
„Schön. Das freut mich“, sagte die Oma und legte Action-Bärbel einen Zettel und einen Stift vor die Nase. „Dann schreib mal deine Telefonnummer auf, Kleines.“
Action-Bärbel nahm den Stift und schrieb sie auf. Die Oma nahm den Zettel, sah ihn sich an und überreichte ihn Horsti.
„Ruf ihre Eltern an. Und sag ihnen, dass sie auch die Eltern von …“ Fragend sah sie zu mir rüber.
„Sebastian“, sagte ich matt.
„… die Eltern von Sebastian benachrichtigen sollen.“
Der Schurke nahm den Zettel und verschwand im Flur. Leise hörten wir ihn telefonieren, als es auf einmal

mächtig schepperte. Der Lärm kam vom Dachboden. Plötzlich polterte Horsti die Holzstufen hoch. Das Lächeln verschwand aus dem Gesicht der Oma. Sie stand auf.

„Ihr bleibt sitzen, verstanden?“, befahl sie uns und folgte ihrem Sohn. Erst als sie im Flur verschwunden war, trauten wir uns, etwas zu sagen.

„Was sollen wir jetzt tun? Abhauen?“, fragte mich Action-Bärbel.

„Auf alle Fälle“, antwortete ich und wollte aufspringen.

Aber zu spät. Die Oma stand schon wieder im Türrahmen und wedelte mit einem dicken Schlüsselbund. Dann schloss sie die Küchentür hinter sich ab.

„Damit ihr nicht verloren geht!“, rief sie noch, bevor sie mit meckerndem Gelächter ihrem schurkischen Sohn folgte.

„Was ist mit dem Fenster?“, fragte ich, und Action-Bärbel rüttelte am Fenster.

„Das ist … verriegelt oder … verklemmt.“

„Warte, ich helfe dir!“ Ich sprang ihr zur Seite. Gemeinsam packten wir den Fensterknauf und zogen daran wie irre. Er bewegte sich nicht. Keinen Millimeter.

„Vielleicht können wir das Fenster mit den Keksen aufhebeln?“, schlug ich vor, und Action-Bärbel schnappte sich eines der steinharten Plätzchen und schob es unter den Rahmen. Sie hebelte und drückte.

„Autsch!"

Blitzartig ließ sie das Plätzchen los und starrte auf ihre Finger.

„Was ist?", fragte ich.

„Ich hab mich an dem Plätzchen geschnitten." Action-Bärbel steckte sich den Finger in den Mund.

„Map du weita", nuschelte sie mir auffordernd zu. Ich ergriff den Keks und versuchte, den Spalt zwischen Fenster und Rahmen zu vergrößern. Aber nichts geschah.

Erschöpft und frustriert ließen wir uns wieder auf die Stühle fallen.

„Mist. Verdammter Riesenmist!", fluchte Action-Bärbel und begann, unruhig auf ihrem Stuhl hin und her zu rutschen. Über uns knarrte der Boden. Staub rieselte von der Decke. Wenn die mal nicht einstürzt, dachte ich.

Jetzt, wo wir alleine waren, sah ich mir die Küche genauer an. Von innen war das Haus sogar noch vergammelter und ungemütlicher als von draußen. Das ganze Haus war kariös. Es war in etwa so gut erhalten wie die Zähne von meinem Onkel Karl. Während ich mir bei Karl sicher war, dass sein klappriges Gebiss nur

noch von seinem Zahnbelag zusammengehalten wurde, fragte ich mich, was genau dieses Haus hier beieinanderhielt. Der Schmutz oder der Schimmel? Ich war mir nicht sicher. Es war echt trostlos und sogar ein bisschen beängstigend. Denn statt schöner Bilder und Fotos von schönen Zeiten verstaubten hier Jagdtrophäen und ein altes Gewehr an den Wänden. Eine einzelne nackte Glühbirne baumelte an einem schwarzen Kabel von der Decke. In allen Ecken klebten uralte Spinnweben, in denen mumifizierte Spinnen hingen.
Die Möbel waren entweder alt oder kaputt oder beides. Auf dem staubigen, dreckigen Herd war seit Jahren nicht mehr gekocht worden. Der Kühlschrank war leer und stand sperrangelweit offen. So müffelte er wohl schon seit Ewigkeiten vor sich hin. Das ganze Haus roch faulig nach abgestandenem Wasser aus einem brackigen Tümpel.
„Sollen wir unseren Eltern sagen, dass der Spinnenmann oben festgehalten wird?“, fragte Action-Bärbel.
Ich war mir nicht sicher. Würden uns unsere Eltern glauben? Und was, wenn ja? Wären sie nicht auch in Gefahr? Würden uns die beiden Superschurken dann gemeinsam in der Dachkammer einschließen? Zwei Tage auf engstem Raum mit meiner Mutter würde ich nicht überleben! Die käme sicherlich auf die Idee, mich

Vokabeln abzufragen oder Matheaufgaben lösen zu lassen oder so was. Nur um die Zeit angeblich sinnvoll zu nutzen. Dabei hatten wir doch Ferien!
Aber was würde passieren, wenn wir nichts sagten? Einfach die Klappe hielten? Aus irgendeinem Grund wollten die beiden Schurken den Spinnenmann ja in zwei Tagen eh wieder freilassen.
„Meinst du, deine Eltern glauben uns?“, fragte ich. „Meine Mutter glaubt uns nämlich garantiert kein Wort.“
Action-Bärbel dachte nach.
„Ich weiß es nicht“, sagte sie schließlich.
Über uns schepperte es wieder. Gebannt starrten wir zur Decke, als könnten wir wie Superman hindurchschauen. Es klang, als würden Möbel herumgerückt werden. Dumpf hörten wir Horsti schimpfen. Dann wurde es wieder still auf dem Dachboden und wir hörten Motorengeräusche von draußen.
Action-Bärbel und ich sprangen zeitgleich auf und rannten zum Fenster. Ich erkannte unser Auto sofort an den unzähligen Beulen und Kratzern, die mein Vater, der schlechteste Autofahrer der Welt, bei diversen Einparkversuchen reingefahren hatte. Direkt davor hielt eine schicke Limousine, ganz ohne Beulen oder Katzer. Der Wagen gehörte wohl Barbaras Eltern.

Ich fühlte mich innerlich zerrissen. In etwa so wie vor den Sommerferien – wenn es einerseits schreckliche Zeugnisse gab, anderseits aber sechs Wochen Ferien vor der Tür standen. Ich freute mich, dass wir gerettet waren, fürchtete mich aber vor der Strafe, die mir meine Mutter aufbrummen würde.

Wir setzten uns wieder. Oben unter dem Dach kam wieder Leben in die Bude. Eine Tür wurde geöffnet, zugeknallt und abgeschlossen. Dann wieder Schritte auf der Treppe. Ein schwerer Schlüssel rappelte im Schloss der Küchentür. Quietschend wurde sie aufgestoßen.

Horsti, der Schurke, sah zu uns rein.

„Aufstehen. Mitkommen."

Wir folgten ihm. Als wir die Veranda betraten, begrüßten sich gerade unsere Mütter.

Und dann begrüßte Frau Schwemme Schurke Horsti und die alte Oma. Allerdings sehr kurz und knapp. So als kannte man sich, aber schätzte sich nicht.

„Frau Prallwitz. Herr Prallwitz."

Nur meine Mutter fand ein paar Worte mehr.

„Freut mich, Sie kennenzulernen. Mein Name ist von Nervköter. Ich bin die Mutter des Jungen", sagte sie und wurde von allen dreien mitleidig angeglotzt, als hätte sie gesagt, dass sie die Pest hätte, Cholera oder Katzenschnupfen.

Die Oma tätschelte meiner Mutter sogar die Schultern. Im Ernst!
Ich bewunderte sie dafür, wie gut sie auf nette, kleine Oma machen konnte, obwohl sie eigentlich böse und gemein war und scheußliche Kekse backte. Aber davon spürten unsere dämlichen Mütter natürlich nichts. Sie bedankten sich sogar bei ihr und ihrem Sohn, dass sie auf uns aufgepasst und damit Schlimmeres verhindert hätten. Mütter sehen manchmal den Wald vor lauter Bäumen nicht.

Die Oma winkte ab, behauptete, dass das doch selbstverständlich sei und dass wir eben einfach wilde Kinder seien, die eine strenge Hand benötigt.
Meine Mutter warf ihre Stirn in Falten, starrte mich böse an und nickte dabei. „Die strenge Hand wird er nun kennenlernen“, drohte sie, und bevor ich etwas sagen oder erklären konnte, schickte sie mich ins Auto.

Von wegen freie Meinungsäußerung! Von wegen Demokratie! Bei Eltern-Kind-Beziehungen sind wir noch auf dem Stand des Mittelalters. Finsterstes Mittelalter! Aber es nutzte nichts. Ich kuschte, setzte mich auf die Rückbank und sah, dass es mir Action-Bärbel gleichtat. Mütter verstehen Superhelden einfach nicht.

Während der ganzen Heimfahrt schwieg meine Mutter. Sie fragte nicht einmal nach, wo meine Hose und mein T-Shirt abgeblieben waren. Auch das Autoradio blieb diesmal aus. Wir schwiegen, bis Mutter unser Auto vor dem Haus geparkt hatte. Als wir beide ausstiegen, brach Mutter ihr Schweigen.

„Genieß die Sonne, bis wir drinnen sind. Du wirst sie

diesen Sommer nämlich nur noch aus deinem Fenster bewundern. Du hast Hausarrest." Dann hickste sie ein paarmal und schickte mich unter die Dusche.

Die Erleuchtung

Nachdem ich wieder sauber war, verzog ich mich direkt in mein Zimmer. Dort warf ich erst mal alle Sachen vom Bett und mich dann drauf. Ich musste nachdenken. Über den Hausarrest. Über Bestrafungen, die total unfair waren. Warum mir nie jemand glaubte und über unseren Fall. Sollte ich Mutter vom Spinnenmann im Dachstuhl erzählen? Oder vielleicht doch die Polizei benachrichtigen? Das müsste ich anonym tun. Mir einen falschen Namen ausdenken. Einen, den die Polizei glaubwürdig und vertrauenerweckend finden würde. Einen wie: Prof. Dr. Dr. Ehrlich-Schlaufuchs oder Polizeihauptoberstgeneralkommissar Bravmann-Redlich. Aber dann beschloss ich, meine Füße und meine Klappe lieber stillzuhalten. Zumindest so lange, bis ich mich mit meinen Kollegen von den Unglaublichen Dreieinhalb abgesprochen hatte. Trotzdem begann ich damit, einen Plan zu entwickeln. Schließlich waren wir Superhelden. Und Superhelden bleiben nicht im Bett liegen und hoffen darauf, dass sich die Probleme da draußen von selber lösen.

Irgendwie musste es uns gelingen, den Spinnenmann

aus seinem Gefängnis zu befreien. Doch dafür mussten wir unbemerkt an den Schurken vorbei ins Dachgeschoss kommen. Meine Experimente mit Fluggeräten jeder Art waren bislang jedes Mal kläglich gescheitert. Weder war es mir gelungen, mein altes Kettcar zu einem Segelflugzeug umzubauen, noch funktionierte die Staubsauger-Stuhl-Flugmaschine. Statt zu fliegen, hatte das Ding sich einfach am Dach festgesaugt, bis der Staubsauger Feuer gefangen und die Sicherungen im ganzen Haus rausgeflogen waren. Aber wie konnten wir sonst auf das Dach der Schurken gelangen?
Während ich auf dem Rücken lag und grübelte, schnippte ich meine kleinen Comic-Spielfiguren aus dem Bett. Und da kam mir die Erleuchtung! Ich will ja nicht angeben, aber ich werde sehr oft erleuchtet und habe ständig Spitzenideen. Wahrscheinlich weil ich so viele Comics lese, heimlich Horror- und Zeichentrickfilme gucke und es vermeide, mein Hirn mit Mathematik vollzumüllen.
Die Lösung war so einfach wie genial und war schon von so mancher Zeichentrickfigur erfolgreich in die Tat umgesetzt worden. Wir brauchten ein Katapult! Damit könnten wir uns lautlos aufs Dach hochschießen, ohne dass die Schurken etwas bemerkten!
Euphorisch setzte ich mich auf, griff unter mein Bett

und zog meinen Laptop hervor. Vielleicht hatte ich von Barbara und Martin ja bereits eine E-Mail bekommen oder eine Chatanfrage. Tatsächlich. In meinem Eingangsordner wartete bereits eine E-Mail darauf, gelesen zu werden. Barbara war der Absender. Sie hatte sie vor nicht einmal fünf Minuten abgeschickt.

Von: Action-Baerbel
Betreff: Spinnenmann!

marton hat was rausfunden. Hast du Teflon da?
Es ist eiloh!

Teflon sollte wohl Telefon heißen. Es ist eiloh? Es ist eilig, meinte sie. Klar. Bei den ganzen Vertippern musste es sogar supereilig sein. Anstatt ihr eine Antwortmail zu schreiben, schlich ich sofort runter in den Flur und holte unser Telefon. Als ich an der Küche vorbeikam, sah ich meine Mutter im Dunkeln am Tisch sitzen. Mutter hatte die Jalousie runtergezogen, damit die Abendsonne die Küche nicht zu sehr aufheizte. Mit einem Glas Rotwein vor der Nase starrte sie eine Schachtel Zigaretten an. Merkwürdige Sache. Eigentlich rauchte meine Mutter schon seit Jahren nicht mehr. Ich widerstand dem Drang, ihr ins Gewissen zu reden, dass

Rauchen Blödsinn ist und sie doch sowieso schon genug Unsinn anstellte. Mich von Barbara und Martin zu trennen und mir Stubenarrest aufzubrummen zum Beispiel. Aber es war nicht die Zeit für Gardinenpredigten. Es war an der Zeit, Heldentaten zu vollbringen.

Vorsichtig nahm ich das Telefon, steckte es ein und schlich wieder hoch in mein Zimmer. Sofort wählte ich Barbaras Nummer.

„Hallo?“, ertönte ihre Stimme am anderen Ende. Gott sei Dank war sie ans Telefon gegangen. So brauchte ich nicht Prof. Dr. Dr. Ehrlich-Schlaufuchs zu spielen, um ihre Mutter reinzulegen.

„Ich bin es, Sebastian“, flüsterte ich.

„Ah. Gut. Gut.“ Barbara klang erleichtert.

„Was hat Martin rausgefunden? Erzähl!“, flüsterte ich.

„Es geht um Vögel“, sagte Barbara.

„Was geht um Vögel?“, fragte ich nach.

„Um seltene …“ Barbara hörte auf zu sprechen. Im Hintergrund hörte ich die Stimme von Martin. Er war also immer noch nicht nach Hause geschickt geworden. Dann knirschte es in der Leitung und Martin war dran.

„Hallo, Sebastian“, sagte er.

„Hallo“, antwortete ich. „Was gibt es Neues?“

„Es geht um die Sumpfohreule“, erklärte Martin.

„Ich verstehe nicht ganz“, sagte ich.
„Pass auf“, begann Martin, „die Sumpfohreule ist äußerst selten. Sie steht unter Artenschutz. Verstehst du?“
„Die Eule ist geschützt. Ja. Das verstehe ich. Ich verstehe nur nicht, was das mit unserem Fall zu tun hat.“
„Ganz einfach. Der Spinnenmann hat die Sumpfohreule im Wald entdeckt. Und wenn bekannt wird, dass im Wald eine bedrohte Tierart lebt, dann wird der Wald nicht abgeholzt und die Straße nicht gebaut.“
„Aber das ist doch großartig!“, jubelte ich. Endlich wussten wir, was das ganze Theater sollte und wie wir dem Spuk ein Ende bereiten konnten. Die Welt musste nur erfahren, dass es in Buckelbügel die Sumpfohreule gab!
„Ja, schon. Nur über den Bauantrag wird schon morgen im Rathaus entschieden. Und wenn der erst mal durch ist, wird es schwierig. Vor allem, wenn die Beweise fehlen, dass es die Eule wirklich gibt.“
„Die Beweise! Die wollen doch heute Nacht alle Beweise vernichten!“, rief ich entsetzt auf. Jetzt waren auch bei mir die letzten Groschen gefallen: Die verdammten Schurken wollten mit aller Gewalt durchsetzen, dass die Straße gebaut wurde. Mitten durch den Wald. Das wäre das Ende für die Sumpfohreulen und Tausende anderer Tiere.

„Ganz genau. Und deshalb halten die auch den Spinnenmann so lange gefangen, damit er nichts von der Eule berichten kann!"
„Kapiere ich nicht. Er kann doch anschließend noch alles erzählen."
„Ihm wird man ohne Beweise nicht glauben. Da geht es ihm in etwa so wie uns. Die Leute halten ihn für einen Spinner, weil er komisch angezogen ist, im Wald lebt und Insekten sammelt."
„Was ja auch verrückt ist!", rief Barbara aus dem Hintergrund.
Ich dachte nach. „Ich versteh nur nicht, warum die beiden Schurken unbedingt die Straße wollen. Die verlieren doch dann ihr Haus."
„Weil die enorm viel Geld für ihr Waldstück kriegen", erklärte mir Martin.
„Und außerdem wohnen die eigentlich gar nicht mehr

in dem Haus. Die haben eines in der Stadt. Das hat mir meine Mutter erzählt!", schrie Barbara an Martin vorbei ins Telefon.

„Aber man kann doch nicht einen Wald roden, nur um Geld zu verdienen!", rief ich empört. „Das gehört sich nicht! Das ist doch eine Sauerei!"

„Absolut!", gab mir Martin Recht. Mit fester Stimme fügte er noch hinzu: „Und deshalb werden wir die Schurken auch stoppen und den Wald retten!"

„Aber wie?", fragte ich. „Was sollen wir jetzt machen?"

„Wir müssen auf alle Fälle den Spinnenmann befreien und die Beweise aus dem Bunker sichern!"

„Wisst ihr auch schon wie?"

„So einigermaßen", sagte Martin und ich fragte: „Mit einem Katapult?"

„Wie bitte?" Martin hatte mich wohl nicht richtig verstanden.

„Habt ihr schon mal über ein Katapult nachgedacht? Damit könnten wir uns aufs Dach schießen."

Die Leitung blieb still. Entweder sagte Martin nichts oder er hatte aufgelegt.

„Hallo? Seid ihr zwei noch da?"

„Ja", antwortete Martin. „Aber die Katapultidee finde ich ... hm ... nun ja ...", stammelte er. „Hm ... sagen wir ... schwierig. Das wird nicht funktionieren."

„Weil wir das Katapult nicht so schnell bauen können, oder?“

„Äh ... ja. Genau deshalb“, antwortete Martin.

„Was habt ihr euch überlegt?“, fragte ich.

Ich hörte, wie Martin tief Luft holte. „Wie gesagt, wir müssen zwei Dinge tun. Wir müssen den Spinnenmann befreien und die Beweise sichern, bevor die Schurken sie verbrennen. Und das alles noch heute Nacht!“ Martin klang wild und zu allem entschlossen. So entschlossen hatte ich ihn bislang nur auf der Flucht erlebt.

Wir schwiegen eine ganze Weile, weil wir spürten, dass wir extrem viel riskieren mussten. Mehr als jemals zuvor. Wir standen echten Verbrechern gegenüber. Und zwar allein, weil uns niemand glaubte. Und was mich am meisten deprimierte, war die Erkenntnis, dass wir bis heute Nacht nie im Leben ein Katapult bauen konnten. Nach meiner Einschätzung würden wir dafür, selbst wenn wir Vollgas gaben, locker bis morgen Mittag brauchen.

„Also, wann kannst du wieder hier sein?“, fragte Martin.

„Sobald es dunkel ist, haue ich durchs Fenster ab und komme zum Baumhaus“, verkündete ich kämpferisch.

Eine waghalsige Flucht

Mein Abendbrot bekam ich in meinem Zimmer serviert. Obwohl – „serviert“ ist das falsche Wort. Im Grunde lief es so ab: Tür auf. Mutter rein. Wurststulle wird auf meinen Schreibtisch geknallt. Mutter raus. Tür zu.

Ich stopfte mir das Brot in den Mund und suchte beim Essen nach einem neuen T-Shirt und einer Hose, die zu meinem Superheldendress passten. Ich fand nichts. Egal was ich auch auswählte, ich sah beknackt aus.

Ich brauchte aber dringend ein Kostüm. Eines, das den Gegner einschüchterte und meine Superheldenmacht unterstrich. Ich wollte wie ein wildes Tier wirken. Wie eine echt gefährliche Bestie. Schließlich hatten wir es mit zwei Superschurken zu tun.
Da fiel es mir wie Schuppen von den Augen. Flog bei uns nicht noch immer das Kostüm von Latte rum? Von Latte, der lustigen Giraffe, dem beliebten Maskottchen unseres Zoos?
Vor langer Zeit hatte ich darin mal meinen Physiklehrer Knarz als Schurken überführt und anschließend eine rauschende Geburtstagsfeier für meine Tante Hella torpediert, weil ich die blöde Bettina Schlittenrufer aus Versehen von der Bühne ins Büfett geschubst hatte. Danach mussten wir dem Zoo das ausgeliehene Kostüm ersetzen, weil es meine Abenteuer nicht heil überstanden hatte. Es waren ein paar Risse drin und es hatte überall Flecken.
Schnell schlang ich die Reste meines Brots runter und schlich über den Flur in Mutters Zimmer. Wenn das Kostüm noch da war, konnte es nur in Mutters Zimmer sein. Dort lagerte sie, verteilt in viele Kisten, die Erinnerungen an ihre zu kurze Karriere als gefeierte Opernsängerin.
Ich musste nicht lange suchen. In einer ganz besonders

großen, geradezu riesigen Kiste direkt neben ihrem Schreibtisch fand ich das Latte-Kostüm. Sie hatte es achtlos hineingestopft.
Ich zog es aus der Kiste und betrachtete es. Es war schon ziemlich dreckig. Reste vom Kartoffelsalat klebten am Hintern der Giraffe, an der Brust klebte etwas Leberwurst und mit dem Kopf des Kostüms war ich damals wohl irgendwie in die Schokoladentorte gerauscht. Trotzdem – das würde schon hinhauen. Besser als meine zusammengemixten Superhelden-Outfits von eben war es allemal. Schließlich sollte mich das Kostüm nur unkenntlich machen und für Angst und Schrecken sorgen. Und wer, bitte schön, würde sich nicht erschrecken, wenn ihm im Buckelbügler Wald eine Giraffe entgegenkam? Eine, die offensichtlich gerade ein Büfett niedergemacht hatte und ihre Leberwurst mit Schokokuchen fraß?

Ich raffte das Kostüm zusammen, setzte mir den elend schweren Kopf auf, faltete die Kiste wieder zu und huschte in mein Zimmer. Unter dem Bett fand ich meine Sporttasche und leerte den Inhalt auf dem Boden aus. Ich kickte die seit Wochen vor sich hin verwesenden Socken unter mein Bett und stopfte Latte hinein. Bis auf den Kopf passte das Kostüm perfekt in die Tasche. Dann öffnete ich mein Fenster, warf die Tasche und den Kopf in unseren Vorgarten und hockte mich auf die Fensterbank. Ich musste gut zwei Meter weit auf das Dach unseres Gartenhäuschens springen. Ich nahm Schwung, sprang und landete wie geplant mit beiden Füßen auf dem kleinen Holzdach. Völlig ungeplant gab das Dach nach und ich rauschte scheppernd ins Innere des Gartenhäuschens. Gott sei Dank federte unser altes Trampolin meinen Sturz ab.
Eigentlich hätte ich damit rechnen müssen, dass unser Gartenhäuschen nichts aushielt. Schließlich hatte mein Vater das Ding zusammengenagelt. Und der gab als echter Mann nichts auf so Sachen wie Bauanleitungen, Warnhinweise oder Expertentipps.
Ich krabbelte zum kleinen, schief eingesetzten Fenster und sondierte die Lage. Der Garten schwitzte still und einsam vor sich hin. Die Jalousie vor unserem Küchenfenster blieb unten. Meine Mutter hatte den Krach

offensichtlich nicht gehört. Ich huschte aus dem Häuschen, griff mir meine Sporttasche und Lattes unhandlichen Kopf, schwang mich auf mein Fahrrad und raste los.

Neue, verwegene Pläne

Kurz bevor ich das Anwesen der Schwemmes erreichte, bremste ich ab und kletterte in das nach Leberwurst und Schokolade müffelnde Latte-Kostüm. So würde ich weniger auffallen und – falls mich Barbaras Eltern zufällig entdeckten – nicht sofort von ihnen erkannt und wieder nach Hause geschickt werden.

Dann radelte ich weiter, was alles andere als einfach war. Durch die winzigen Sehschlitze im Kostüm sah ich fast gar nichts und das Gleichgewicht zu halten, war gerade auf der unebenen Wiese ein Ding der Unmöglichkeit. Vor allem wegen des Riesenkopfs. Und so brauchte ich locker die vierfache Zeit, bis ich endlich

Barbaras Haus und dahinter die Buche und das Neben-dem-Baum-Baumhaus ausmachen konnte.
Ich wurde schon erwartet. Martin und Barbara saßen gemeinsam unter der Buche im Gras. Als sie mich entdeckten, sprangen sie auf und winkten. Ich winkte nicht zurück, sondern ließ meine Hände lieber am Lenker. Ich hatte genug damit zu tun, auf der buckligen Wiese mit meinem alten, blöden Fahrrad und dem total unpraktischen Kostüm keine Bruchlandung hinzulegen. Barbara kam mir entgegengesprintet. Ich stieg ab und schob mein Fahrrad das letzte Stück, während sich Barbara meine Tasche schnappte.
„Hallo, Latte“, begrüßte sie mich grinsend.
„Hallo“, sagte ich.
„Was soll denn das Kostüm?“, fragte sie.
„Was sollte ich denn machen? Besser als kein Kostüm oder ein halbes, oder?“
„Da hast du Recht“, sagte sie.
„Eben“, sagte ich und begrüßte Martin.
„Wir haben einen Plan“, verkündete der stolz, ohne auf meine Kostümierung einzugehen, und zog mich ins Baumhaus. Der Kopf von Latte knallte gegen den Türrahmen und ich kippte nach hinten. Barbara fing mich auf.
„Hui! Vorsichtig, Giraffe!“

So ein Baumhaus, auch wenn es neben dem Baum steht, ist definitiv nicht der natürliche Lebensraum von Giraffen. Ich nahm den Kopf ab und folgte Martin ins Innere.
Wir hockten uns im Schneidersitz auf den Boden. Von der Wand grüßte Captain Sauerland. In unserer Mitte lag die große Wanderkarte. Martin hatte sowohl den Bunker als auch das gruselige Schurkenhaus eingezeichnet.
„Wir haben uns Folgendes ausgedacht ...“, begann Martin und sah mich eindringlich an. „Heute Nacht werden wir zwei Fliegen mit einer Klappe schlagen!“
Barbara rutschte auf ihrem Hintern rum. Heute war sie wirklich extrem unruhig. Zappelig ist Barbara immer. Das liegt in ihrer Natur, was einerseits ja spitze ist. Wäre sie ein Sesselpuper wie Martin, wäre sie nur halb so sportlich und stark. Aber ihre jetzige Unruhe und Unkonzentriertheit war beängstigend. So hatten wir sie nur selten erlebt. Martin und ich sahen uns an. Und wir dachten dasselbe. War es zu gefährlich, sich mit einer fahrigen, total abgelenkten und zappeligen Barbara auf ein solch großes Abenteuer einzulassen? Was, wenn sie einen Fehler machte, weil sie einfach nicht aufpasste?
„Also ...“, begann Martin von Neuem. „Wir müssen

einerseits die Beweise sichern und zweitens den Spinnenmann befreien. Hast du zugehört, Barbara?"

„Was? Ja, ja", sagte Barbara, die gerade dabei war, sich ihre Schuhe neu zuzubinden.

„Wobei das größte Problem sein dürfte …", fuhr Martin fort. „Wie befreien wir den Spinnenmann?"

„Stimmt. Wie sollen wir das hinkriegen? Irgendeine Idee?", fragte ich.

„Natürlich." Martin grinste.

„Dann schieß los."

„Wir wissen, dass der falsche Förster noch heute Nacht zum Bunker gehen will, um die Beweise dafür zu vernichten, dass es bei uns im Wald die Sumpfohreule gibt, richtig?"

„Richtig", sagte ich.

„Und das nutzen wir aus. Ich werde mit Dieter vorher zum Bunker gehen und die Beweise sichern. Ihr werdet so lange vor dem Haus der Schurken warten, bis er weg ist. So weit alles verstanden?"

„Logisch. Alles kapiert", antwortete ich, obwohl Martin eher Barbara gemeint hatte. Die hatte aber, statt zuzuhören, die Werkzeugkiste neu sortiert.

„Dann müsst ihr die Oma ablenken und den Spinnenmann befreien!"

„Und wie soll das gehen? Ich meine, die wird doch

merken, wenn jemand von uns durch ihr Haus geistert."

Martin dachte nach. „Vielleicht sollte einer die Oma aus dem Haus locken oder so", schlug er vor. „Und der andere muss dann durch ein Fenster einsteigen."

Ich schüttelte den Kopf.

„Das geht nicht. Die Fenster kriegst du nicht auf. Das haben wir schon versucht."

Wieder schwiegen wir.

„Das Fenster im Dachboden ist kaputt. Da fehlt die komplette Scheibe. Da käme man durch", sagte Barbara, die mittlerweile die Kanten der Tür mit einer Feile abrundete.

„Ja, aber wie sollen wir da hochkommen?", entgegnete ich. Wehmütig dachte ich an mein Katapult.

„Mit einer Leiter?", schlug Martin vor.

„Wir haben eine", sagte Barbara.

„Toll." Martin klatschte in die Hände.

„Aber an die kommen wir nicht dran. Die steht in der Garage. Und für die habe ich seit dem Teppichmähen keinen Schlüssel mehr."

„Mist." Ich war frustriert und auch Martin sah bekümmert aus.

„Ich habe Stelzen. Was meint ihr, könnte das klappen?", überlegte Barbara weiter.

„Wohl kaum“, behauptete Martin. „Viel zu gefährlich.“
„Unbedingt!“, jubelte ich, weil ich schon immer mal auf Stelzen rumlaufen und als längster Superheld der Welt unter den Schurken für Angst und Schrecken sorgen wollte.

„Ich hol sie“, sagte Barbara, ließ die Feile fallen und flitzte durch die Tür mit den nun sehr schön abgerundeten Kanten. Martin und ich sahen uns an.
„Heute ist sie aber mächtig zappelig“, sagte Martin besorgt.

„Stimmt. Aber die kriegt sich noch ein“, behauptete ich, obwohl ich das ehrlich gesagt bezweifelte. Aber was hätte es genützt, Martin auch noch in Panik zu versetzen?
Wir verließen unser Neben-dem-Baum-Baumhaus und sahen Barbara nach. Sie rannte Haken schlagend wie ein aufgekratzter Hase über die Wiese. Zwischendurch blieb sie unvermittelt stehen, ging in die Hocke und betrachtete Blumen, Steine oder was auch immer sie gerade interessant fand.
Martin sah mich ernst an. „Ich glaube nicht, dass es eine gute Idee ist, wenn Barbara in diesem Zustand auf Stelzen rumhampelt.“
„Stimmt. Es wäre wohl besser, wenn sie die Oma ablenkt. Wenn sie so chaotisch drauf ist, wird die Oma mit Sicherheit abgelenkt sein.“
„Kannst du denn auf Stelzen laufen?“, fragte mich Martin skeptisch.
„Nein“, sagte ich. „*Noch* nicht.“ Ich musste grinsen. Auf Stelzen laufen. Wie cool war das denn?

Erst nach gut einer Stunde kam Barbara zurück. Wir hatten schon befürchtet, dass sie unterwegs vergessen haben könnte, was sie eigentlich holen sollte. Ich war erleichtert, als sie mit Stelzen unter dem Arm zu uns

zurückkam. Sie sah ein bisschen aus wie ein Ritter ohne Pferd, aber mit zwei Lanzen.
„So. Das sind sie“, sagte Barbara keuchend und ließ die riesigen Stelzen ins Gras fallen. Sie waren aus Holz und locker über drei Meter lang. Kinderstelzen waren das nicht.
„Super Dinger!“, sagte ich anerkennend.
„Ja. Finde ich auch“, sagte Barbara und strahlte.
„Die sind ja riesig. Kannst du wirklich auf denen laufen?“, fragte Martin nach, der eine Stelze aufgestellt und ihre Länge bewundert hatte.
„Ja. Die habe ich mal während einer Ferienfreizeit gewonnen. Da habe ich auch das Laufen auf den Stelzen gelernt und wie man jongliert und so was alles“, erklärte Barbara nicht ohne Stolz.
„Darf ich?“, fragte ich.
„Klar“, sagte Barbara. „Am besten kletterst du aufs Dach. Dann geht das Aufsteigen leichter.“
„Alles klar.“
Erst im dritten Anlauf gelang es mir, auf unser Neben-dem-Baum-Baumhaus zu klettern. Das blöde Latte-Kostüm hatte nur Hufe und keine Hände. Und Hufe sind nicht zum Klettern gedacht. Deshalb trifft man auch nur so selten Giraffen in den Bergen.
Barbara lehnte die Stelzen ans Baumhaus. Ich klemmte

sie mir unter die Arme und setzte meinen ersten Huf auf die Trittfläche, dann den zweiten und verlor sofort das Gleichgewicht. Bevor ich vornüberkippte, drückte mich Barbara zurück und ich konnte mich mit einem Rückwärtshopser aufs Dach retten.

„Das wird nix“, behauptete Martin und musterte uns skeptisch. „In hundert Jahren nicht.“

„Das war mein allererster Versuch. Ich schaffe das schon“, verteidigte ich mich und versuchte mich ein zweites Mal an den Stelzen. Und, was soll ich sagen, schon beim zweiten Versuch gelang es mir, fast eine halbe Sekunde auf den Stelzen zu stehen, bevor ich nach hinten kippte und abspringen musste. Obwohl ich mich nur ganz kurz auf den Dingern halten konnte, fand ich es großartig, ein echter Riese zu sein. Für fast eine Sekunde war ich das größte Kind Buckelbügels gewesen.

„Siehst du!“, triumphierte ich Richtung Martin. „Das war doch gleich viel besser.“

„Schon, aber vergiss nicht: Du trägst deinen Giraffenkopf noch nicht!“

Wir sahen Martin an. Innerlich fluchte ich, weil er schon wieder Recht hatte. Aber äußerlich gab ich mich demonstrativ unbeeindruckt.

„Hol mir den mal. Dann werden wir sehen.“ Martin

flitzte ins Neben-dem-Baum-Baumhaus, kam mit Lattes Kopf wieder raus und reichte ihn mir. Ich setzte mir den Kopf auf und startete meinen dritten Versuch.

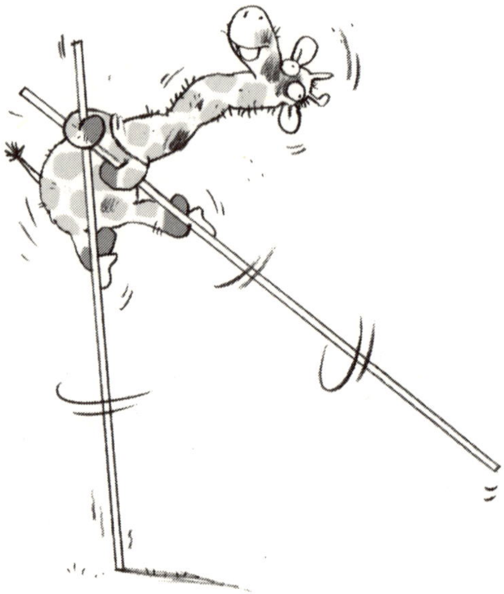

Ich brauchte etliche Anläufe, um mich länger als nur eine halbe Sekunde auf den Stelzen zu halten. Ohne Kopf war es schon sauschwer, aber mit dem wackligen Giraffenkopf auf der Birne war es einfach nicht zu schaffen. Als ich zum wiederholten Male fast gestürzt wäre und mich nur mit einem gewagten Sprung aufs Dach retten konnte, gab ich auf. Um zu lernen, mit einem beknackten Giraffenkostüm auf Stelzen zu laufen, würde ich vielleicht nicht hundert Jahre brauchen, wie Martin behauptete, aber zumindest länger als einen Abend. Wir zogen uns wieder in das Neben-dem-Baum-Baumhaus zurück, um den Plan noch einmal durchzugehen.

„Okay. Wir machen es so: Ich rette zusammen mit Dieter die Beweise. Sebastian lenkt die Oma ab und Barbara steigt auf die Stelzen und schwingt sich durchs Dachfenster, um den Spinnenmann zu befreien", fasste Martin den Plan zusammen.

„Einverstanden", sagte ich.

„Was? Hab nicht zugehört", sagte Barbara.

„Du kletterst durch das Fenster rein und befreist den Spinnenmann, während Sebastian die Oma ablenkt."

„Ach so. Ja. Klar. So machen wir das", sagte Barbara.

Martin und ich sahen uns wieder an. Im Moment fürchteten wir uns mehr vor Barbaras Unkonzentriertheit als vor den Schurken. Aber was sollten wir machen? Wir mussten handeln. Uns blieb nichts anderes übrig. Immerhin galt es nicht nur, einen unschuldigen Wald zu retten. Wir mussten auch verhindern, dass Barbara aufs Internat kam. Und wie sollten wir ihre Eltern davon überzeugen, dass die Unglaublichen Dreieinhalb auf keinen Fall getrennt werden durften, außer durch eine wahre Heldentat?

„Okay. Uhrenvergleich!“, rief ich, weil das in Filmen und Comics immer von jemandem gerufen wird, damit später alle wissen, wie spät es ist.

„22 Uhr 15“, sagte Martin.

„22 Uhr 20“, sagte Barbara.

„14 Uhr 9“, sagte ich. Das konnte nicht stimmen, stand aber auf der Digitalanzeige meiner Armbanduhr, die nunmehr eine Hufbanduhr war. „Gut. Damit haben wir unsere Uhren verglichen. Meine ist wohl stehen geblieben. Ab in die Superheldenkostüme. Beziehungsweise: Ab ins Giraffenkostüm!“, rief ich und setzte mir erneut den Giraffenkopf auf.

Stelzen und Hufe

Bis wir uns umgezogen und unseren Superheldenschwur geschworen hatten, war es bereits stockduster. Das Chamäleon verabschiedete sich überschwänglich von uns. Es fürchtete, dass sein letztes Stündlein geschlagen haben könnte. Dass es niemals wieder aus dem Wald herauskommen würde. Es schaltete seine Taschenlampe an und der Lichtstrahl durchschnitt die Nacht wie ein Laser! So als würde das Chamäleon ein cooles Lichtschwert in den Händen halten.
Bevor wir ihm ein kurzes Stück folgten, schalteten auch wir unsere Taschenlampen an. Nach wenigen Minuten trennten sich unsere Wege endgültig. Eine Zeit lang sah ich noch den Schein seiner Lampe zwischen den Bäumen aufblitzen. Dann wurde das Chamäleon vom dunklen Wald gänzlich verschluckt.

Diesmal ging ich voran in den Wald und Action-Bärbel lief hinter mir her. Je tiefer wir in den Wald vordrangen, desto dunkler und kühler wurde es. Alle Farben waren verschwunden. Alles war grau bis schwarz und nichts konnten wir richtig erkennen. Es kam mir so vor, als wäre der Wald dichter gewachsen, als hätten sich die Bäume zusammengerottet, um uns den Weg zu versperren. Zweige sahen aus wie Arme, die nach uns griffen, Astgabeln wie Mäuler, die nach uns schnappten. Aber im Licht der Taschenlampe entpuppten die Monster sich als knorrige Baumstämme und die Wölfe als harmloses Gestrüpp.

In den Büschen raschelte es. Irgendwelche Tiere huschten uns über die Füße. Wir hörten die Eulen rufen. Obwohl der Wald so unheimlich war, ließen wir uns davon nicht beeindrucken. Action-Bärbel und ich waren viel zu sehr auf unsere Aufgabe fixiert: den Spinnenmann zu befreien und den Wald zu retten.

Action-Bärbel hatte sich die extrem unhandlichen Stelzen wieder unter den Arm geklemmt, sodass wir nicht auf direktem Weg zum Haus der Schurken laufen konnten.

Wir mussten einen Weg zum Ziel finden, der breit genug war, damit die Stelzen sich nicht ständig im Geäst verhakten. So kamen wir deutlich später als geplant, aber gerade noch rechtzeitig am Haus der Schurken an. Vor uns stiefelte der falsche Förster vom Hof und schlug sich einige Meter neben uns ins Dickicht. Er trug eine große Lampe in der Hand. Hoffentlich hatte das Chamäleon den Bunker bereits gefunden und die Beweise in Sicherheit gebracht.

Action-Bärbel und ich blieben in unserem Versteck und sondierten die Lage. Im Erdgeschoss brannte Licht. Ab und zu sah man die Silhouette der Oma hinter einem Fenster auftauchen und wieder verschwinden. Hinter dem Dachfenster war es finster.

Neben mir saß Action-Bärbel auf einem Baumstamm. Sie sah sich permanent um und trommelte einen schnellen Rhythmus auf ihren Oberschenkeln.

„Ich glaube, wir können jetzt loslegen“, sagte ich und stupste sie an. „Ich gehe vor und lenke die Schurkenoma ab. Sobald ich im Haus bin, versuchst du, durchs Fenster zu kommen. Dann befreist du den Spinnenmann. Dann wartet ihr, bis ich die Oma aus dem Haus gelockt habe, bevor ihr abhaut. Okay?“

Action-Bärbel sprang sofort auf und schnappte sich ihre Stelzen.

„Du gehst etwas außen rum, damit die Oma dich nicht zufällig durchs Fenster sehen kann“, redete ich weiter auf Action-Bärbel ein, um sicherzugehen, dass sie den ganzen Plan verstanden hatte. „Und dann wartest du ein, zwei Minuten, bis ich im Haus bin und sie ablenke.“

„Aber wenn ich von der Seite komme, sehe ich nicht, wenn du ins Haus gehst.“

„Wenn ich nicht auf der Veranda bin, bin ich drin. Ist doch logisch.“

„Gut. Alles klar. Verstehe“, sagte sie und schlug sich seitlich in die Büsche, während ich geradewegs auf das Haus zuhielt. Ich öffnete das Tor zum Garten und marschierte den kleinen Weg hoch Richtung Veranda. Mein Magen rumorte, meine Knie wurden mit jedem Schritt weicher und ich begann zu zittern. Tausende blöder Gedanken zischten mir durch den Kopf: Das wird nichts. Hätten wir mal besser das Katapult gebaut. Gleich wirst du auch eingesperrt. Action-Bärbel ist nicht gut in Form. Die kann dich niemals retten. Das ist doch alles Wahnsinn! Und so weiter und so fort. Es war die reinste Kopfhölle.

Auf einmal, ich wusste kaum, wie ich dorthin gekommen war, stand ich auf der Veranda. Wegen der blöden Sehschlitze brauchte ich eine halbe Ewigkeit, um die

Klingel zu finden. Ich drückte drauf und nichts geschah. Die Klingel blieb stumm. Sie war so hinüber wie das ganze Haus.
Ich drehte mich um und versuchte, Action-Bärbel zu entdecken. Vergeblich. Sie war nicht zu sehen. Dann atmete ich tief ein und aus, nahm meinen ganzen Mut zusammen und klopfte. Das Pochen meiner Hufe an der Tür war ohrenbetäubend. Blöde Hufe.
Schlurfende Schritte näherten sich, und ich weiß nicht warum, aber blitzartig bekam ich eine absolut nicht heldenhafte Panikattacke. Ich raste wie ein Blöder von der Veranda, bog ab in den Garten und warf mich hinter eine Hecke. Ich hörte, wie die Tür geöffnet wurde. Ich bog mit beiden Hufen ein paar Zweige beiseite und linste durch das Loch. Licht fiel auf die Veranda. Der Kopf der bösen Oma erschien. Ihre schlohweißen Haare schimmerten wie Silber. Sie sah sich um, zuckte mit den Schultern, schloss die Tür und verschwand wieder im Haus. Ich keuchte. Das war knapp gewesen. Sauknapp. Und feige war es auch. Ich hatte unseren Plan zunichtegemacht. Und das Schlimmste war, dass ich nun Action-Bärbel sah, wie sie sich auf die Stelzen schwang und zum Dachfenster stelzte. Ich versuchte zu pfeifen. Aber mein Mund war zu trocken.
Action-Bärbel blieb direkt unter dem Dachfenster ste-

hen. Es war zu hoch. Sie reckte einen Arm nach oben und versuchte, das Fensterbrett zu erreichen. Es misslang. Sie taumelte ein Stück zurück, fing sich wieder und startete einen neuen Anlauf. Wieder streckte sie sich weit nach oben, stellte sich auf Zehenspitzen und es gelang ihr, mit einer Hand das Fensterbrett zu packen. Sie schwankte hin und her wie ein Boot auf unruhiger See. Mir stockte der Atem, als die erste Stelze zu Boden fiel. Mit nur noch einer Stelze und nur einer Hand am Fenster schaukelte sie hin und her. Ich wusste nicht, was ich tun sollte. Ich fühlte mich hilflos und war starr vor Entsetzen. Ich wollte ihr etwas zurufen. Ihr Mut machen. Aber ich konnte nur röcheln. Und dann fiel auch die zweite Stelze. Ich schloss vor Schreck die Augen und wartete auf die fürchterlichen Geräusche – Action-Bärbels Schrei und das Aufschlagen ihres Körpers auf dem Boden. Dumpf raschelnd kippte die Stelze vor mir in die Hecke.

Action-Bärbel in Action

Ich öffnete die Augen wieder und suchte den Boden ab. Wo war Action-Bärbel? Ich rechnete mit dem Allerschlimmsten. Wohin war sie gestürzt? Dann hörte ich ein Kratzen.

Ich sah nach oben. Action-Bärbel klammerte sich nun mit beiden Händen ans Fensterbrett. Sie hing gerade herunter, wie Bettwäsche, die man zum Auslüften aus dem Fenster gehängt hat. Dann begann sie zu strampeln. Mir lief ein Schauer über den Rücken. Action-Bärbel pendelte von rechts nach links und wieder zurück. Dann warf sie ihr rechtes Bein nach oben. Es landete auf dem Fensterbrett. Sie zog ihre Arme an und wuchtete sich hoch. Nun hockte sie auf ihren Knien vor dem Fenster und kletterte hinein. Sie war tatsächlich drinnen! Sie war nicht gestürzt!

Erschöpft und erleichtert ließ ich mich auf den Rücken plumpsen und begrub meinen Giraffenkopf unter den Hufen. Waren wir verrückt geworden? Hatten wir den Verstand verloren, so viel zu riskieren? Ich brauchte ein paar Minuten, bis ich mich beruhigt hatte und wieder klar denken konnte. Action-Bärbel war in Sicherheit. Oder etwa doch nicht?

Die Oma war noch im Haus und wurde von mir kein bisschen abgelenkt. Wie sollte Action-Bärbel da wieder rauskommen? Durchs Fenster wohl kaum. Es war nun an mir, ein echter Superheld zu sein. Einer, auf den man sich verlassen konnte. Der seine Freundin nicht einfach im Stich ließ, während sie eine Geisel aus einem Horrorhaus befreite!

Ich stand auf, ging zurück und schlug mit meinem Huf gegen die Tür. Wieder näherten sich die schlurfenden Schritte der bösen Oma. Ich hörte das Klacken des Schlosses. Die Tür öffnete sich und ich starrte in das völlig verdutzte Gesicht der Oma. Dann sah ich das Gewehr in ihren Händen. Sofort bereute ich meinen

Entschluss, ausgerechnet als Giraffe verkleidet nachts bei Jägern an die Tür zu bollern. Ich sah den Kopf von Latte schon als Jagdtrophäe in einem Holzrahmen an ihrer Wohnzimmerwand hängen. Direkt neben einem Hirschgeweih.

Die Oma blinzelte und rieb sich die Augen. Ich ging rückwärts. Langsam. Schritt für Schritt. Ließ die Oma dabei nicht aus den Augen. Die richtete weiterhin ihr Gewehr auf mich. Merkwürdigerweise war ich ganz klar im Kopf. So klar wie nie zuvor. Ich war ruhig. Kein bisschen zittrig. Aber angespannt wie ein Flitzebogen.

„Wer sind Sie? Was soll das Kostüm? Und was wollen Sie hier?“, fragte die Schurkenoma.

„Ich bin …“, fing ich an und brach ab. Was sollte ich sagen? Dass ich der Superheld „Das Gehirn“ war, der als „Latte, die lustige Giraffe“, beliebt bei Alt und Jung, unterwegs war? Welchen Sinn würde das ergeben? War es nicht besser, einfach auf Kind zu machen?
„Los, raus mit der Sprache!“ Die Oma kam einen Schritt auf mich zu. Sie hob ihr Gewehr drohend etwas an. Ihre Stimme klang nicht mehr überrascht, sondern ernst. Sehr ernst.
„Ich bin der Sebastian von heute Nachmittag“, sagte ich.
Die Oma legte ihren Kopf auf die Seite und musterte mich eindringlich.
„Setz den blöden Kopf ab!“, befahl sie.
Ich nahm ihn herunter. Erst als die kühle Nachtluft über meine Haut strich, merkte ich, dass ich total durchgeschwitzt war. Mein Gesicht war klitschnass, meine Haare klebten mir am Kopf und Schweißperlen, groß wie dicke Regentropfen, liefen mir den Nacken hinunter.
Die Oma erkannte mich.
„Was willst du schon wieder hier?“, fragte sie, ohne eine Miene zu verziehen oder das blöde Gewehr wegzulegen.
„Ich wollte mich entschuldigen!“, behauptete ich schnell

und versuchte mich an einem niedlichen Lächeln. Es misslang. Ich schnitt nur eine Grimasse.
„Warum grinst du so blöde?“
„Sie haben ein Gewehr“, sagte ich und zeigte mit einem Huf auf die Waffe. Auch die Oma sah hinunter. Sie zögerte. Meine Nerven waren zum Zerreißen gespannt. Was würde sie tun? Einerseits war ich ein Kind. Und Kinder bedroht man nicht mit einer Waffe. Niemanden bedroht man mit einer Waffe, um genau zu sein. Andererseits plante sie aber, das Verbrechen des Jahrhunderts zu begehen, und hatte dafür sogar eine Geisel genommen.
Als die Oma das Gewehr sinken ließ, atmete ich erleichtert auf. Zwar zielte sie nicht mehr auf mich, aber aus der Hand legen wollte sie das Gewehr scheinbar trotzdem nicht.
„Du willst dich bei mir entschuldigen?“, fragte sie misstrauisch. Ihre Augen funkelten böse.
„Ja.“
„Um diese Uhrzeit?“
Ich tat überrascht und sah auf meine Uhr. 15 Uhr 76. Jetzt war auch noch meine Digitaluhr komplett durchgedreht.
„Ich konnte nicht einschlafen, weil ich so ein schlechtes Gewissen hatte“, log ich. Und zwar ziemlich gut,

wie ich fand, denn ich setzte auch noch meinen Dackelblick auf, der in zwei von zehn Fällen sogar meine Mutter beruhigen konnte.

Die Oma aber nicht. Sie machte einen Schritt auf mich zu und schaute sich auf der Veranda um, wahrscheinlich um zu sehen, ob ich allein gekommen war. Dann stupste sie mich mit ihrem Stock an.

„Los, rein da!"

Ich ging ins Haus und die Oma folgte mir.

„In die Küche. Und setzen!", blaffte sie mich an.

Ich setzte mich. Die Oma schien unschlüssig, was sie tun sollte. Sie war nervös. Gerade als sie sich neben mich setzen wollte, hörten wir vom Dachboden Geräusche. Gleichzeitig wandten wir unseren Blick nach oben. Glotzten blöd die Decke an.

„Fledermäuse", sagte sie schnell, nachdem ihr auffiel, dass auch ich den Lärm bemerkt hatte.

„Wie bitte?", fragte ich.

„Wir haben Fledermäuse im Dachstuhl", erklärte die Oma.

„Echt? Toll! Darf ich die mal sehen? Ich finde Fledermäuse …"

„Nein!", unterbrach sie mich barsch. „Das darfst du nicht!"

Wir blieben sitzen und starrten beide weiter an die

Decke. Es war wieder still. Kein Geräusch drang zu uns herunter. Was war passiert? Hatte Action-Bärbel den Spinnenmann schon befreit? Hatten sie etwas umgestoßen? War sie gefallen?

„Warum trägst du schon wieder so ein dämliches Kostüm? Tickst du nicht ganz sauber?“, fragte mich die Oma mit verächtlichem Unterton.

„Ich mag Kostüme. Ich finde die lustig“, erklärte ich meine Aufmachung.

Die Oma schüttelte nur den Kopf und stand auf.

„Ich denke, es ist das Beste, wenn ich jetzt deine Eltern anrufe. Also?“

„Also was?“, fragte ich.

„Deine Telefonnummer.“

„Ich habe mich doch noch gar nicht entschuldigt!“, rief ich empört.

„Entschuldigung angenommen. Und jetzt bitte deine Telefonnummer.“

„Aber ich habe mich doch noch gar nicht *richtig* entschuldigt!“

Die Oma stöhnte und verdrehte gleichzeitig die Augen.

„Dann leg los.“

„Jetzt?“

„Wann sonst?“

„Gut. Aber …“ Ich grübelte, was ich tun könnte. Ich

musste Zeit gewinnen und sie ablenken, damit Action-Bärbel und der Spinnenmann fliehen konnten.
„Was, aber?“, fragte die Oma schroff.
„Aber ich habe etwas vorbereitet ...“
„Was immer es ist, fang damit an. Und zwar sofort!“
In meinem Kopf tobte es. Was sollte ich tun? Was sollte ich sagen? Warum hatte ich mir nicht vorher etwas überlegt?
„Ein Gedicht!“, rief ich. „Von Goethe!“
„Goethe?“
„Goethe!“ Goethe war früher so was wie ein Superheld. Wobei seine Superkraft seine Sprache war. Meine Mutter, die unglaublich gerne dicke alte Wälzer liest, liebt Goethe und behauptet ständig, dass Goethe der größte deutsche Schriftsteller aller Zeiten war und immer noch ist.
Die Oma atmete schon wieder schwer aus. Vielleicht hatte sie Asthma? Dann sollte sie aber nicht in solch einer gammeligen Bude rumhängen.
„Alles in Ordnung?“, fragte ich.
„Fang an“, sagte sie und klang leicht resigniert.
„Das Gedicht ist etwas länger ...“
Wieder stöhnte die Oma auf. Anscheinend teilten nicht alle die Begeisterung meiner Mutter für Literatur.
Ich entschied mich für ein gruseliges Gedicht, in dem es

um einen Ritt durch eine finstere Nacht und den bösen Erlkönig geht. Ich hatte das Gedicht mal in einem Buch meiner Mutter gesehen und mir gleich gemerkt. Weil das Gedicht spannend ist und weil ich mir wegen meines fotografischen Gedächtnisses eh alles merken kann. Mit dem Ding würde ich auf alle Fälle erst einmal Zeit gewinnen.

„Also, das Gedicht heißt ‚Der Erlkönig'. Und ich habe es auswendig gelernt, um mich bei Ihnen für die Störung zu entschuldigen."

„Mach hin!", quengelte die Oma. „Ich bin nicht mehr die Jüngste."

„Gut. Ich fang dann an, ja?"

„Jaaaaaahaaaa!"

„Okay. Also los:

Wer reitet so spät durch Nacht und Wind?

Es ist der Vater mit seinem Kind ..."

Auf einmal entdeckte ich ihn, baumelnd an einem Haken im Flur, und schlagartig wurde mir klar, dass unser Plan nichts taugte, weil wir eine wichtige Sache nicht bedacht hatten: Action-Bärbel und der Spinnenmann konnten alleine nicht vom Dachboden fliehen. Das Fenster war viel zu hoch, die Stelzen lagen im Gras und die verdammte Tür zum Dachboden war verschlossen. Und der dicke, schwere Eisenschlüssel, der den Weg freimachte, baumelte an einem Haken im Flur. Auf Zeit zu spielen war so sinnlos, wie Kindern Brokkoli als ganz besonders leckere kleine Bäumchen anzupreisen. Die Tür blieb zu und Brokkoli schmeckt trotz seines putzigen Aussehens furchtbar.

„War es das?“, fragte mich die Oma genervt.

„Äh. Nee. Wer reitet so spät ...“

„Hatten wir schon“, meckerte sie dazwischen.

Ich stand auf. Ich musste irgendwie an den Schlüssel kommen und dann irgendwie nach oben gelangen, die beiden befreien und gemeinsam mit ihnen aus dem Haus in den Wald fliehen.

„Bleib sitzen.“

„Ich kann mich im Stehen besser konzentrieren.“

„Von mir aus, wenn es schneller geht.“

„Wer reitet so spät ...“

Ich rannte los. In den Flur. Bremste ab und knallte die Küchentür zu und warf mich von außen dagegen.

Die Schurkenoma brauchte einen Moment, bis sie die Tür erreicht hatte. Sie rüttelte an der Klinke, doch der Weg aus der Küche blieb ihr versperrt.

„Was soll das? Mach die Tür auf, verdammt noch mal!“ Dumpf hörte ich sie hinter der Tür schreien. Ich hielt die Klappe. Verschwendete keine Energie. Ich brauchte meine ganze Kraft, um die Tür zuzuhalten. Ich stemmte mich mit meinem ganzen Gewicht dagegen. Meine bescheuerten Hufe begannen, auf dem Holzboden zu rutschen. Sie fanden einfach keinen Halt. Die Oma war stärker, als ich dachte. Die Tür öffnete sich einen Spalt. Ich drückte sie wieder zurück. Mit dem Huf angelte ich nach einem Stuhl, der neben einer Kommode stand. Ich packte ihn mir und wartete auf einen günstigen Augenblick.

„Verfluchter Bengel! Mach die Tür auf, oder es knallt!“, brüllte die Oma.

Ich schob die Stuhllehne unter die Türklinke, sodass die Schurkin sie nicht mehr runterdrücken und die Tür öffnen konnte.

„Ich schieße!“, schrie sie und ich tauchte ab. Ich wartete auf den Knall. Aber nichts geschah. Ich robbte ein Stück nach vorne und wagte nicht, mich aufzurichten. Ich zog die Kommode ein Stück zu mir, bis ich dahinter in Deckung gehen konnte. Dann schob ich sie nach vorne und verbarrikadierte damit die Küchentür. Ich riss den Schlüssel vom Haken und rannte die Treppe hoch.

Helden in Gefahr

Oben angekommen war es so dunkel, dass ich meine Hand vor Augen nicht sah. Ich tastete hektisch die Wände ab. Irgendwo musste doch der verdammte Lichtschalter sein. Da! Ein kleiner Hebel. Ich drückte ihn nach unten. Licht flammte sirrend auf. Ich steckte den Schlüssel ins Schloss, öffnete die Tür und bekam einen fiesen Hieb ab. Mir wurde schwarz vor Augen. Ich sackte auf die Knie.
„Oh nein!“, hörte ich Action-Bärbel aufjaulen. „Sebastian!“
Ich schüttelte mich. Action-Bärbel warf den Tennisschläger, mit dem sie mir einen über die Rübe gezogen hatte, beiseite.

Unten hörte ich die Oma schreien wie am Spieß. Sie bollerte gegen die Tür. Action-Bärbel zog mich hoch auf die Beine.
„Es tut mir so leid“, jammerte sie.
„Macht nix. Wir müssen weg hier. Sofort!“, schrie ich.
„Ich krieg seine Fesseln nicht auf.“
Im Hintergrund saß der Spinnenmann, an Armen und Beinen an einen Stuhl gefesselt. Er sah mit großen Augen zu uns rüber.
„Versuch es weiter!“, schrie ich und lief in den Flur zurück. Die Oma bollerte weiter gegen die Tür. Der Stuhl wackelte bedenklich.
„Beeil dich!“, rief ich Action-Bärbel zu.
„Hab’s gleich!“, schrie Action-Bärbel zurück.
„Nimm ihm den Knebel aus dem Mund!“, rief ich, ohne die Barrikaden vor der Küchentür auch nur eine Sekunde aus den Augen zu lassen, damit uns die bewaffnete Oma nicht überraschen konnte.
„Danke. Was? Wer? Wieso?“, hörte ich den Spinnenmann ächzen.
„Wir kommen, um Sie zu retten. Aber ich kriege die Fesseln nicht auf“, erklärte Action-Bärbel dem verdutzten Spinnenmann, warum gerade zwei maskierte Kinder in seinem Gefängnis einen Affentanz aufführten.

„Mein Messer. In meiner Tasche. Da hinten!“, hörte ich ihn rufen. Dann ein Schuss wie ein Donnerknall. Holzstücke flogen aus der Küchentür. Aber noch hielt der Stuhl.

„Beeilt euch, um Gottes willen!“, schrie ich.

„Ich … kann … nicht hexen!“, schrie Action-Bärbel zurück.

„Endlich!“

Ich sah mich um. Der Spinnenmann rieb sich die Handgelenke, während Action-Bärbel mit einem großen Messer an seinen Fußfesseln rumsägte. Dann waren sie durch. Die Seile plumpsten auf den Boden. Der Spinnenmann war frei. Action-Bärbel half ihm auf.

„Los jetzt, raus hier!“, befahl ich, und die beiden eierten hinter mir her die Treppen runter und vorbei an der Küchentür, hinter der die Oma brüllte und fluchte.

„Kann nicht richtig gehen. Meine Beine sind eingeschlafen“, stöhnte der Spinnenmann, dem man ansah, dass er nur unter Schmerzen und gestützt von Action-Bärbel vorwärtskam.

Erst als ich draußen im Garten war, wagte ich es, mich wieder umzusehen. Action-Bärbel stützte den Spinnenmann immer noch. Sie waren langsam, aber sie waren draußen. Das Gesicht der Oma erschien am Fenster. Ihr Gesicht, das auf den ersten Blick so niedlich und

harmlos wirkte, war nur noch eine böse Fratze. Sie schrie und schrie und schrie.
Ich lief ein Stück zurück und an die freie Seite des Spinnenmanns, sodass er sich auf Action-Bärbel und mich stützen konnte. So liefen wir gemeinsam durch den Garten und weiter. Immer weiter. Weg vom Haus und der bösen, wahnsinnigen Schurkenoma.
Erst als wir im Wald waren, blieben wir stehen und ließen uns auf den Boden fallen. Wir schnauften um die Wette. Und dann drückte ich Action-Bärbel ganz fest. Ich war so froh und glücklich, dass sie das alles heil überstanden hatte, dass ich einen dicken Kloß im Hals bekam.
„Ich danke euch", sagte der Spinnenmann. „Seid ihr nicht die Kinder, die ich letztens im Wald getroffen habe?"
„Ja. Wir sind die Unglaublichen Dreieinhalb", sagte Action-Bärbel stolz. Was mich gleich mit stolz machte.
„Dreieinhalb?", fragte der Spinnenmann und kratzte sich am Kopf.
„Ja. Wir sind Superhelden", sagte ich.
„Verstehe. Aber wieso sind die Dreieinhalb nur zwei?"
„Mist! Das Chamäleon! Wir müssen zum Bunker!", rief Action-Bärbel aufgeregt.
Action-Bärbel und ich sprangen gleichzeitig auf. Ich

wollte dem Spinnenmann wieder auf die Beine helfen, aber er wehrte ab.

„Geht schon wieder“, sagte er und erhob sich ächzend.

Action-Bärbel schaltete ihre Taschenlampe an.

„Ich habe hier irgendwo eine Karte“, sagte sie und suchte ihre Taschen ab.

„Die brauchen wir nicht“, sagte der Spinnenmann. „Ich kenne den Weg.“

„Nix wie los! Wir müssen das Chamäleon retten!“, rief ich.

Der Spinnenmann marschierte mit großen Schritten voran. Schnell und unbeirrbar. Wir hatten Mühe, ihm zu folgen. Unterwegs erzählten wir ihm alles, was wir wussten, und dass der Superheld, das Chamäleon, zusammen mit seinem imaginären Kumpel, dem Hosenscheißer, die Beweise aus dem Bunker retten wollte, bevor der Schurkenförster sie verbrennen konnte.

„Ihr seid nicht nur ausgesprochen tapfer, sondern auch wirklich extrem kluge Kinder“, lobte uns der Spinnenmann.

„Ich weiß“, sagte ich in aller Bescheidenheit.

Kurz bevor wir am Bunker waren, legte der Spinnenmann seinen Finger auf die Lippen. Es war Zeit, die Klappe zu halten, die Taschenlampen auszuknipsen und nahezu lautlos weiterzuschleichen. Wir huschten von Gebüsch zu Gebüsch und von Baum zu Baum. Wir nutzten jede Deckung. Der Bunker war in unmittelbarer Nähe. Zwischen den Bäumen sahen wir das flackernde Licht eines Lagerfeuers. War das Chamäleon zu spät gekommen?

Als wir nah genug dran waren, sahen wir das Feuer brennen, rochen den Qualm und hörten die Scheite knacken. Es war ein kleines Feuer. Zur Sicherheit von Steinen begrenzt. Es brannte direkt vor der Tür des Bunkers. Und am Feuer saß – wir glaubten es kaum – das Chamäleon!

Wir rannten schreiend zu ihm. Umarmten es. Auch das Chamäleon jubelte, als es uns sah. Aufgeregt berichtete es uns, was vorgefallen war: Nur wenige Minuten, nachdem das Chamäleon den Bunker erreicht hatte, hatte es das Licht des herannahenden Schurken gesehen und sich geistesgegenwärtig mit Dieter hinter dem Bunker versteckt. Dort hatten die beiden gewartet, bis der Schurke ein Feuer gemacht und einen Stapel mit Beweisen daneben aufgetürmt hatte. Kaum war der Fiesling wieder im Bunker verschwunden, hatte das Chamäleon die Tür zugeknallt, den Riegel umgelegt und ihn mit einem Holzpflock verkeilt.

„Und jetzt sitzt er da drinnen und kommt nicht mehr raus!“, sagte das Chamäleon triumphierend.

Im Schein des Lagerfeuers leuchteten seine Wangen rot vor Aufregung. Action-Bärbel nahm das Chamäleon in den Arm und drückte es. Dann legte ich meine Arme um die beiden und hielt sie lange fest.
„Ihr seid wirklich ganz unglaublich!“, sagte der Spinnenmann und lachte laut.

Ende gut, alles gut?

Wir packten die wichtigsten Unterlagen des Spinnenmanns zusammen und marschierten geradewegs zu Barbaras Haus. Ihr könnt euch vorstellen, was Barbaras Eltern für Augen gemacht haben, als wir auf einmal mit dem Spinnenmann in unserer Mitte auf der Matte standen. Barbaras Vater benachrichtigte erst die Polizei und dann unsere Eltern. Sogar die von Martin, weil er meinte, in solch einem Fall müsse das einfach sein. Aber Martin hatte Glück. Seine Eltern waren nicht zu erreichen. Und zwar, wie er mir später zuflüsterte, weil er den Schwemmes nicht die Nummer seiner Eltern, sondern seine eigene gegeben hatte. Er zeigte mir sein auf stumm gestelltes Handy. Fünf Anrufe in Abwesenheit.

Als meine Mutter angebraust kam, war sie unfassbar wütend auf mich. Und dann war sie stolz. Und dann wieder wütend, weil wir uns in solche Gefahr gebracht hatten. Dann war sie wieder stolz und küsste mich ab, weil ich so tapfer gewesen war und mitgeholfen hatte, den Wald zu retten.

Barbaras Eltern ging es ähnlich. Mal schimpften sie

mit ihr, dann drückten sie sie ganz fest, weil sie froh waren, dass sie nicht verletzt worden war. So ging das hin und her, wie bei einem Tennisspiel, bei dem nicht mit Bällen, sondern mit Gefühlen gespielt wird.
Irgendwann, nach der fünften Limo für uns und dem vierten Glas Rotwein für unsere Eltern und den Spinnenmann, der eigentlich Torsten hieß und Töfti genannt werden wollte, haute Barbara auf einmal mit ihrer kleinen starken Faust auf den Tisch. Volles Rohr. Sodass die Teller und Gläser auf und ab hüpften. Sofort herrschte Ruhe.
„Ich will nicht ins Internat! Ich will hierbleiben! Bei meinen Freunden! Und ich will, dass ihr uns glaubt, wenn wir was sagen! So."
Sie verschränkte ihre Arme bockig vor der Brust und zog eine Schnute von hier bis nach Ober Ranzig.
Ihre Eltern sahen sie verwundert an. Dann warfen sie sich einen verschmitzten Blick zu und lächelten.
„Ich denke, darüber können wir reden", sagte ihre Mutter, die nicht nur ein überraschend nettes Lächeln, sondern in ihrem Nachthemd auch gut sichtbar zwei echte Beine aus Fleisch und Blut hatte.

IHR, DIE UNGLAUBLICHEN 3
SEIT ECHTE HELDEN.
GEBRAUCHT EURE KRÄFTE WEISE

Ravensburger Bücher

Der erste Fall der Unglaublichen Dreieinhalb

Frank Schmeißer

Schurken überall!

Diese Aufzeichnungen sind echt total geheim. Es geht ABSOLUT niemanden etwas an, warum Tante Hellas Geburtstag in einer Katastrophe endete, warum ein Hamster namens Machmawas sich plötzlich tarnen musste und Sebastian fast in einem Giraffenkostüm verhaftet worden wäre. Und das Allerwichtigste: Niemand darf von Sebastians geheimer Identität erfahren, weil sonst die Welt in Gefahr ist!

ISBN 978-3-473-52495-2

www.ravensburger.de

Ravensburger

RTB_13_036

LESEPROBE

„Schurken am Ball“
von Frank Schmeißer
ISBN 978-3-473-52508-9

Okay, eines vorneweg: Ich gebe zu, dass sich die folgende Geschichte so anhört, als hätte sie sich Pinocchio ausgedacht, in dessen Kopf sich ein Holzwurm kugelrund futtert. Sie ist aber trotzdem nicht gelogen. Ich stand wirklich auf einmal vor allen Leuten ohne Hosen da, trug zwei Tage einen peinlichen Bart und ließ ein wildes Tier auf meinen Erzfeind los. Die Geschichte ist also absolut wahr! Und sie beginnt ja auch ganz normal. Wenn auch zu früh am Tag. Zumindest für meine Eltern.

Als ich aufwachte, war ich dreimal so hibbelig wie sonst. Wochenlang hatte ich an dem neuen Bild von Captain Sauerland herumgezeichnet. Das alte hatte ich ja blöderweise und völlig aus Versehen meiner Tante Hella geschenkt.

Captain Sauerland ist ein Superheld und das Symbol für die Superheldentruppe „Die Unglaublichen Dreieinhalb“. Und das sind Martin, Barbara, Dieter und ich. Ich konnte es kaum erwarten, das Bild meinen Freunden zu zeigen.

Ich hatte sogar alle Rechtschreibfehler wieder reingebaut. Martin meinte zwar, ohne Rechtschreibfehler würde es auch gehen, aber Barbara und ich waren da anderer Meinung. Wir wollten, dass das neue Bild ganz genauso aussah wie das Original. Und das tat es!

Endlich hatten wir – das Superheldenteam – unseren Superhelden zurück. Und das bedeutete Frieden und Sicherheit für die Menschen unserer Heimatstadt Buckelbügel. Die konnten nun wieder ruhig schlafen. Am Wochenende sogar auch die in Kleinsau Ödbach – da kommt man ja zur Not ganz gut mit dem Bus hin.
Denn die Unglaublichen Dreieinhalb, die Kämpfer gegen alles Böse, waren wieder am Start!
Bereit, sich gegen Weltenzerstörer, Superschurken und unmenschliches Geräteturnen zur Wehr zu setzen. Was weder ich, Sebastian Traugott von Nervköter alias „Das Gehirn", noch Barbara „Action-Bärbel" Schwemme oder Martin „Das Chamäleon" Koslowski und sein imaginärer Freund Dieter „Der Hosenscheißer" ahnten: Es war auch allerhöchste Eisenbahn, denn uns stand ein gewaltiges Abenteuer ins Haus. Unsere Klassenfahrt, auf die wir uns schon so lange freuten, sollte uns geradewegs in die Hölle führen!
Ich beschloss, nicht lange im Bett zu bleiben, sondern unverzüglich aufzustehen und mich reisefertig zu machen. Meinen Koffer hatte ich bereits vor gut zwei Wochen gepackt. Sicherheitshalber. Als Superheld muss man jederzeit damit rechnen, dass einem etwas dazwischenkommt und man dann keine Zeit mehr fürs Kofferpacken, Hausaufgabenmachen oder Zähneputzen findet.

Ich rollte unser neues Captain-Sauerland-Plakat zusammen und steckte es in eine Pappröhre. Dann duschte ich mich superschnell (zwanzig Sekunden), putzte mir die Zähne in Rekordzeit (sieben Sekunden) und weckte meine Eltern. Die mussten mich ja in die Schule fahren. Ich hatte noch kurz darüber nachgedacht, wie ich sie wecken sollte, vorsichtig oder eher zügig.

Bei meinen Eltern stieß mein früher Tatendrang unverständlicherweise auf wenig Begeisterung. Mein Vater patschte mit der Hand wie ein Seelöwe auf dem Nachttisch herum, bis er seine Brille gefunden hatte. Er setzte sie auf und glotzte ungläubig auf den Wecker.
„Spinnst du? Es ist noch nicht mal sechs!", rief er.
Als Mutter die Uhrzeit hörte, drehte sie sich gleich wieder um.
„Geh ins Bett, Sebastian, und schlaf weiter."
Einfach weiterpennen und Gefahr laufen, die Abfahrt zu verpassen? Nicht mit mir!
„Aber was ist, wenn wir zu spät kommen?"
„Wir müssen um halb neun da sein und brauchen keine zehn Minuten mit dem Auto", antwortete Papa. „Es ist also noch Zeit."
„Aber was, wenn wir eine Panne haben?"
„Wir werden schon keine Panne haben", sagte Papa genervt.
Mutter rollte sich auf den Rücken und drückte sich frecherweise das Kissen aufs Gesicht, um nichts zu hören.
Wir werden schon keine Panne haben. Woher wollte der das wissen? Seit wann war er ein Hellseher?
„Du kannst gar nicht wissen, ob wir eine Panne haben werden!", protestierte ich. „Schließlich kann man Pannen nicht planen. Die kommen, wann sie wollen."

Echt wahr: Pannen sind wie Fußpilz oder Mathearbeiten. Sie ereilen einen immer gerade dann, wenn man sie überhaupt nicht gebrauchen kann. Entweder wenn man gerade ins Schwimmbad will oder wenn man tags zuvor im Schwimmbad war und keine Bruchrechnung geübt hat. Allesamt hinterhältige Biester sind das.
Papa stöhnte nur und meinte: „Wenn wir eine Panne haben, werde ich das Auto reparieren und dann sind wir immer noch pünktlich da."
Das fand jetzt sogar Mutter lustig und wir lachten Papa aus. Mein Vater hat, um das mal festzuhalten, überhaupt keine Ahnung von Autos und reparieren kann er sie schon gleich gar nicht. Der kann ja noch nicht mal die aus den Überraschungseiern zusammenbauen. An Ostern hat er fast zwei Stunden lang versucht, die fünf kleinen Plastikstücke so zusammenzustecken, dass ein Laster daraus wird. Es misslang, und als ihm das sechste Mal eines dieser winzigen knubbeligen Dinger unter die Couch geflutscht war, ist er aufgestanden, hat sich seine Jacke geschnappt und ist drei Stunden spazieren gegangen. Mit knallroter Birne. Nein, ein technisch begabter Mensch ist mein Vater nicht. Auch wenn er das partout nicht einsehen will.
„Wir werden keine Panne haben und jetzt geh ins Bett!", sagte er wütend. Wahrscheinlich auch, weil Mut-

ter so lachen musste. Aber ich fühlte mich im Recht und wer im Recht ist, muss dafür eintreten.
„Ich erinnere mich noch genau an folgende Unfälle aus dem letzten Jahr“, begann ich. „Dienstag, 15. Februar, zwölf Uhr einundzwanzig: Auffahrunfall an der Ampel Ecke Hauptstraße. Du warst schuld. Samstag, 24. März, fünfzehn Uhr zweiundzwanzig: Beim Rückwärtseinparken bist du auf die Terrasse des Eiscafés Salmonelli gebrettert. Am 30. April kam dir gegen elf Uhr auf der sehr breiten Landstraße der sehr kleine Trecker mit der sehr großen Jaucheladung entgegen. Weißt du noch? Wo da dummerweise auch noch die Wandergruppe gerade die Straße überquerte? Ich wette, die haben den Unfall nicht vergessen. So wie die danach gestunken haben und ...“
„Ja, ja, ja! Mein Gott!“ Papa schleuderte seine Decke weg, stand auf und stampfte an mir vorbei ins Badezimmer.
Manchmal ist ein so gutes Gedächtnis wie meins echt Gold wert. Ich besitze nämlich ein sogenanntes fotografisches Gedächtnis. Das bedeutet, dass ich mir alles merken kann, weil mein Gehirn die ganze Zeit über Fotos schießt. Die kann ich mir dann immer wieder ins Gedächtnis rufen und in Ruhe anschauen. Mein Kopfarzt Dr. Klingschön ist allerdings davon überzeugt,

dass ich diese Fähigkeit nicht richtig nutze. Im Gegenteil. Seiner Meinung nach werfe ich alles wild durcheinander und ziehe viel zu oft die falschen Schlüsse aus den Bildern.

Um Ordnung in mein Gehirn zu bringen, muss ich dieses Tagebuch über meine sozialen Kontakte führen. Wenn ich Dr. Klingschön richtig verstanden habe, entsteht ein sozialer Kontakt immer dann, wenn man andere Menschen trifft. Von Angesicht zu Angesicht oder mit einem Ball in den Magen. Ich persönlich nenne diese Aufzeichnungen aber lieber „Chroniken", obwohl ich nicht genau weiß, was das eigentlich ist. Auf alle Fälle sind auf den Umschlägen von Chroniken keine Ponys, Einhörner oder Katzen in Taucheranzügen drauf so wie auf den Reinschreibebüchern, die einem die Omas jedes Jahr aufs Neue zum Geburtstag und zu Weihnachten schenken, obwohl man ihnen schon tau-

sendmal gesagt hat, dass man ein Junge ist und mit so einem Ding nix anfangen kann!!!
Meine Chroniken kann ich dann später mit Dr. Klingschön und meiner Mutter durchgehen, um zu sehen, was so alles schiefgelaufen ist oder in welche Fettnäpfchen ich getreten bin.
Nachdem meine Eltern äußerst schnell und stöhnend wieder aus der Dusche gehüpft kamen – ich hatte vorher die Warmwasserleitung zugedreht, damit das Duschen etwas fixer ging –, frühstückten wir zusammen. Mein Vater schmierte sich eine Stulle, verfluchte die kaputte Dusche und das eisige Wasser.
Nach dem Frühstück ging er zum Auto, lud meinen großen Koffer in den Kofferraum und setzte sich hinters Steuer. Meine Mutter verabschiedete mich an der Tür. Sie nahm meinen Kopf in ihre Hände und sah mir tief in die Augen. Auf die Art versuchte sie, in mein Gehirn zu krabbeln. Wenn sie einem so in die Augen starrt, muss man aufpassen, dass man keine Geheimnisse verrät. Sie ist sehr gut darin, Leute so lange anzustarren, bis sie mürbe sind und alles gestehen, was sie verbrochen haben. Fragt mal Martin. Der knickt bei ihr schon nach Sekunden ein.
„Sebastian, ich wünsche dir viel Spaß. Aber wehe, du stellst was an! Hast du mich verstanden? Hicks." Im-

mer wenn Mutt ernst wird, muss sie hicksen. Ich nehme an, das liegt daran, dass sie so angestrengt versucht, nicht zu hicksen. Das Hicksen hat sie übrigens seit meiner Geburt.

„Klar!“, antwortete ich brav. Und das war nicht gelogen. Ich hatte sie verstanden und auch nicht vor, Blödsinn zu machen.

Papa drückte auf die Hupe, ich warf mir meine Sporttasche über die Schulter, klemmte mir die Papierrolle mit dem Captain-Sauerland-Poster unter dem Arm und stürmte zum Auto.